# DESTRUIR, DIZ ELA
## MARGUERITE DURAS

**Tradução**
Adriana Lisboa

# DESTRUIR, DIZ ELA

/re.li.cá.rio/

# MARGUERITE DURAS

# SUMÁRIO.

**09** PREFÁCIO
*Destruir, diz ela*: por uma história do futuro
*por Maurício Ayer*

●

**21** DESTRUIR, DIZ ELA

●

**129** SOBRE A AUTORA

**131** SOBRE A COLEÇÃO MARGUERITE DURAS

# PREFÁCIO.

# *DESTRUIR, DIZ ELA:* POR UMA HISTÓRIA DO FUTURO •

*Maurício Ayer**

*O que é belo a ponto de chorar é o amor. E mais ainda talvez: a loucura, a única salvaguarda contra o falso e o verdadeiro, a mentira e a verdade, a estupidez e a inteligência: fim do julgamento.***

Marguerite Duras
[Entrevista a Alain Vircondelet]

---

*Maurício Ayer é doutor em letras pela FFLCH/USP, onde lecionou literatura francesa entre 2018 e 2021. Membro da Société Internationale Marguerite Duras, é autor de *A música do fim do mundo: orquestrações de literatura, teatro e cinema em Marguerite Duras* (Alameda, 2024) e coorganizador de *Olhares sobre Marguerite Duras* (Publisher Brasil, 2014). Foi curador e organizador de diversos eventos sobre a autora, entre os quais a mostra de cinema "Marguerite Duras: escrever imagens" (Rio de Janeiro, Porto Alegre, Salvador, Belo Horizonte e São Paulo, 2009), o "Colóquio Internacional Centenário de Marguerite Duras" (São Paulo, 2014) e a "Jornada de Literatura e Cinema: *Hiroshima mon amour*, 60 anos" (São Paulo, 2019).

** VIRCONDELET, Alain. *Marguerite Duras ou le temps de détruire*. Paris: Seghers, 1972. p. 180. Tradução nossa do francês.

Publicado em 1969, *Destruir, diz ela* marca um ponto de inflexão em uma década crucial na produção literária de Marguerite Duras, articulando o início de uma nova fase, na qual ela se dedicará primordialmente ao cinema. Com o predomínio da visualidade, do olhar objetivo, a escrita deste *romance* já é *cinema*, e lembra nesse aspecto as melhores realizações do Novo Romance francês. No entanto, é o esvaziamento das cadeias lógicas, que abole os vínculos causais entre os momentos e não deixa que uma narrativa se constitua, que inscreve este livro em um projeto poético e político ainda mais ousado. Duras escreve "destruir" como expressão de um desejo radical: através da experiência mesma da escrita – e posteriormente da criação audiovisual –, passar a zero a humanidade e esboçar, a partir dos escombros, um reinício.

Abrimos a primeira página de *Destruir, diz ela* como quem atravessa o espelho para o outro lado do real – ou da linguagem. Tudo é, a um só tempo, simples e estranho. Desde os parágrafos iniciais, nos vemos acompanhando o olhar de alguém que observa uma mulher, com seu livro e suas pílulas, em um hotel cercado de áreas verdes. Imagens estáticas se sucedem como fotos organizadas em um álbum, cuja ordem poderia mudar sem graves consequências para sua concatenação. Sentimos as variações do tempo – a luminosidade no parque, a incidência do sol, a temperatura etc. – ou da ocupação das quadras de tênis, e a contagem dos dias ("sétimo", "oitavo"...) bate um compasso qual as marcas de um prisioneiro na parede do cárcere. O tempo varia, mas não passa.

Não há propriamente uma narrativa. Sentidos, porém, circulam, como que por contágio, em um modo de funcionamento outro, ao qual aos poucos nos familiarizamos. As estruturas se repetem e se espelham. A entrada de um segundo homem "em cena", por exemplo, acaba por duplicar o olhar observador sobre a mulher. Ambos são judeus, professores e estão "em vias de" se tornarem escritores. Damo-nos conta de que o livro que tentam escrever poderia ser este mesmo que estamos lendo, em que a mulher observada se torna "uma personagem de romance". As temáticas a que os professores se dedicam também ressoam um certo absurdo: Stein ensina "a teoria" de um menino de 8 anos chamado Arthur Rosenfeld; Max Thor, por seu turno, é professor de história, só que da "história do futuro". Esse afrouxamento das amarras lógicas, esse funcionamento especular generalizado, alimenta a impressão de que *qualquer coisa* pode acontecer, ao mesmo tempo que tudo se reduz a *quase nada*.

Nessa lógica dos *doppelgängers*, também as duas personagens femininas se espelham, parecem confundir-se em alguma medida, e o próprio nome de Élisabeth se contrai para Élisa, mais próximo de Alissa. Vive-se ali um mundo em que a moral corriqueira tampouco tem validade: Stein deseja Alissa, esposa de Thor, e torna-se um *voyeur* – que o casal não ignora; Alissa o aceita e ambos vão à floresta viver o adultério, com o consentimento do marido. Sem drama.

\*\*\*

A primeira coisa a atentar nesse território imaginário de livre circulação do desejo é que *Destruir, diz ela* é, de muitas maneiras, uma resposta de Marguerite Duras a Maio de 1968. A autora participou ativa e diretamente desse levante estudantil e operário que tomou as ruas de Paris, e o descreveu como uma espécie de loucura coletiva, "o amor corria pelas ruas",[1] pensando-o politicamente nos termos da *micropolítica* foucaultiana: vetores de poder e resistência que atravessam os corpos e as linguagens para além das instituições políticas típicas, como o Estado, os partidos, as classes sociais etc. Naqueles dias, Duras participou do Comitê de Ação Estudantes-Escritores, formado espontaneamente sob a mais extenuante horizontalidade. A experiência foi uma epifania da destruição das instituições de uma sociedade esclerosada e sem saída, e lhe inspirou palavras de teor profético: "Nós somos a pré-história do futuro", escreveu. "Nós somos esse esforço. Essa prévia a partir da qual aquele será possível. Nós estamos no início da passagem. Nós somos esse esforço."[2]

Na verdade, para a autora e o coletivo de intelectuais e escritores de que fazia parte – juntamente com Edgar Morin, Maurice Blanchot e os dois companheiros dela, Robert Antelme e Dionys Mascolo, entre muitos outros –, Maio de 68 não foi um raio em céu azul. O chamado "Grupo da Rua Saint-Benoît" se reunia regularmente no apartamento de Duras, no bairro de

---

[1] VIRCONDELET. *Marguerite Duras ou le temps de détruire*, p. 180. Tradução nossa do francês.

[2] DURAS, Marguerite. 20 mai. 1968: texte politique sur la naissance du Comité d'Action Étudiants-Écrivains. In: _____. *Les yeux verts*. Paris: Cahiers du Cinéma, 1980. p. 67. Tradução nossa do francês.

Saint-Germain-des-Prés, em Paris, para pensar e viver outros modos de relação. Fundavam na amizade e no senso de comunidade os seus laços mais profundos e assumiam a rebeldia deliberada tanto contra a ordem capitalista e colonial ocidental como contra o stalinismo então hegemônico no Partido Comunista Francês, do qual muitos deles haviam sido expulsos. Foi ali, nesse grupo libertário e comun(al)ista, que se gestou em 1960 o *Manifesto dos 121*,[3] redigido por Mascolo e Blanchot e posteriormente subscrito por centenas de intelectuais, posicionando-se pelo direito da Argélia à insurreição contra o jugo colonial francês. Não é exagero algum dizer que Duras desejou ardentemente que acontecesse, de fato, um Maio de 68 e recebeu seu advento como a materialização de uma utopia.

Por outro lado, ela vinha conduzindo suas pesquisas poéticas no território da loucura e do desejo, do esvaziamento do ser e de sua abertura radical à alteridade, pelo menos desde *Moderato cantabile*, lançado uma década antes. Ela aprofunda essa investigação da loucura e do amor em dois de seus principais romances – *O arrebatamento de Lol V. Stein* (1964) e *O vice-cônsul* (1965).

---

3_ Trata-se da "Declaração sobre o direito à insubmissão na guerra da Argélia", assinada inicialmente por 121 intelectuais, escritores, artistas e pessoas públicas francesas, aos quais se somaram mais de uma centena de outros.

E às vésperas de Maio, em janeiro de 1968, estreia no teatro um exercício cômico que alveja diretamente a ordem apocalíptica e sobretudo patriarcal da guerra, com *Yes, peut-être* [Yes, talvez]. As alusões aos EUA e à Guerra do Vietnã são evidentes, mas não exclusivas: as rubricas pedem que, em cada país onde a peça for encenada, sejam escolhidos os hinos e símbolos que melhor representem para esse público a participação de sua nação na ordem global guerreira e autodestrutiva.

A destruição desejada por Marguerite Duras se opõe, portanto, às grandes narrativas da Guerra Fria. Opõe-se ainda mais a sistemas opressivos e devastadores como o fascismo e o nazismo. "Falo de esvaziar o homem: que ele esqueça tudo. Para poder recomeçar. Que ele renasça em si mesmo", disse a escritora em uma entrevista à época. "Poderíamos então, com uma extrema prudência, retornar ao conhecimento. Claro. Mas que não se torne jamais uma escolástica. Uma exegese. Nunca."[4] Ela vislumbrava que as coisas pudessem ser conhecidas sem ser explicadas, que pudéssemos ser tocados pelo mundo sem dele nos apoderar.

É nesse ponto que a loucura e o amor se tocam em Duras, e com especial força a partir de *Destruir, diz ela*.

---

4_ VIRCONDELET. *Marguerite Duras ou le temps de détruire*, p. 180. Tradução nossa do francês.

Loucura e amor, para a autora, traduzem-se em porosidade: "Ele é poroso, o Louco. Ele não é nada, logo as coisas o atravessam completamente", diz Duras. "O Louco, a forma oca do Louco, é atravessada pela memória de todos." Em busca dessa porosidade, Duras vê na loucura um modelo daquilo que deseja para si como escritora: ser ela mesma radicalmente aberta às possibilidades de contato – consigo, com o(s) outro(s), com o(s) mundo(s). Ter a cabeça "esburacada como uma peneira", ser atravessada pelo real, pela vida e a morte, pelo prazer e o sofrimento sem os lenitivos sociais que enquadram, amordaçam, aliviam, sufocam, domesticam e subordinam o humano à moral burguesa – com suas boas virtudes, seus bons comportamentos, seu "bem escrever".[5]

Sensível a isso, Hélène Cixous definiu o trabalho de Duras em *Destruir, diz ela* como uma "arte da pobreza", tal o depauperamento a que ela submete a linguagem, de modo que reste, apenas, "tudo o que não quer morrer". E completa: "Como se todos os nossos desejos se reinvestissem de alguma coisa muito pequena que se torna tão grande quanto o amor".[6] Falar em "redução ao essencial"

---

5_ As citações deste parágrafo provêm de: DURAS, Marguerite; PORTE, Michelle. *Les lieux de Marguerite Duras*. Paris: Les Éditions de Minuit, 1977. p. 96. Tradução nossa do francês.

6_ CIXOUS, Hélène; FOUCAULT, Michel. Sobre Marguerite Duras. In: FOUCAULT, Michel. *Ditos e Escritos V. III – Estética: Literatura e Pintura, Música e Cinema*. Barueri, SP: Forense Universitária, 2001. p. 357.

traduziria essa perda como um enriquecimento. Não. A destruição lega uma linguagem angulosa, de pedra (*Stein*), despojada para a máxima abertura (*Max Thor*, já que *Tor* em alemão é "portão/portal"). "O trabalho que ela faz é um trabalho de perda: como se a perda fosse inacabável; é muito paradoxal. Como se a perda jamais fosse perdida o bastante, você sempre tem a perder."[7]

Pode-se, pois, ter uma ideia do alcance da intenção de Duras ao produzir um livro e um filme que levam a destruição no título. Comentando uma carta sobre *Destruir, diz ela* que recebeu de Blanchot, ela assinala: "Ele diz: fazer, fazer a destruição. Esse 'fazer' me enche de alegria".[8] "Fazer a destruição como se faz a revolução", sintetiza Christophe Meurée: "trata-se de uma ação no presente que leva a um resultado concreto no futuro. A empreitada da destruição é, aos olhos de Duras como aos de seu comentador [Blanchot], a um só tempo um ato de liberação e um ato de amor que impõem bagunçar os limites convencionados da subjetividade."[9]

\*\*\*

---

[7] CIXOUS; FOUCAULT. Sobre Marguerite Duras, p. 358.

[8] MEURÉE, Christophe. La destruction, le désastre: l'avenir selon Duras et Blanchot. *Revue des Lettres Modernes*, série Marguerite Duras, n. 7, p. 129-143, 2022. p. 132. Tradução nossa do francês.

[9] MEURÉE. La destruction, le désastre: l'avenir selon Duras et Blanchot, p. 132-133.

Em seu projeto poético e político de ilogicidade, de porosidade, Duras encontra no mestre do *nonsense*, Lewis Carroll, uma referência de abertura do imaginário. Não é apenas a ressonância fonética de *Alissa* e *Élisa*(beth) *Ali*(one) que remete a Alice, há diversas outras pistas de intertextualidade.[10] A cena do jogo de cartas, por exemplo, ou o riso desenfreado de Élisabeth; e a própria recorrência à forma especular, que orienta o percurso dos pares de personagens. Mas a principal marca é o teor de sua linguagem. *Destruir, diz ela* não conta uma história de destruição: a própria escrita a realiza, como um fundamental gesto de amor. Fim do julgamento.

---

10 Meurée assinala eloquentes coincidências de datas, presentes desde os primeiros manuscritos de Duras, que relacionam as personagens de *Destruir, diz ela* a momentos importantes da gestação do livro de Lewis Carroll: a data de nascimento de Élisabeth Alione, 10 de março, corresponde, no ano de 1863, ao dia em que Lewis Carroll começou a redação de *Alice no país das maravilhas*, ainda apenas como um poema; já o dia 4 de julho, data da chegada de Max Thor ao hotel de *Destruir*, corresponde, em 1862, ao dia da primeira existência de *Aventuras de Alice no subterrâneo*, que Carroll improvisa em um passeio de barco com sua "pequena musa", Alice Liddell, e suas duas irmãs. Cf. MEURÉE, Christophe. Histoire de l'avenir: l'oubli et la mémoire prophétiques dans *Détruire, dit-elle* et *Les mains négatives*. In: MEURÉE, Christophe; PIRET, Pierre (orgs.). *De mémoire et d'oubli: Marguerite Duras*. Bruxelas: P.I.E.-Peter Lang, 2010.

Para Dionys Mascolo

Tempo nublado.

As janelas estão fechadas.

Do lado da sala de jantar onde ele se encontra, não se vê o parque.

Ela, sim, ela vê, olha. Sua mesa toca o rebordo das janelas.

Por causa da luz incômoda, ela aperta os olhos. Seu olhar vai e vem. Outros hóspedes também assistem a esses jogos de tênis que ele não vê.

Ele não pediu para mudar de mesa.

Ela ignora que olham para ela.

Choveu esta manhã por volta das 5 horas.

Hoje é num clima úmido e pesado que se golpeiam as bolas de tênis. Ela usa um vestido de verão.

À sua frente está o livro. Começou a ler desde que ele chegou? ou mesmo antes?

Perto do livro há dois frascos de comprimidos brancos. Ela os toma em todas as refeições. Às vezes abre o livro. Depois o fecha quase imediatamente. Assiste ao tênis.

Em outras mesas, outros frascos, outros livros.

O cabelo é preto, preto acinzentado, liso, não é bonito, está seco. Não se sabe a cor dos olhos, que, quando ela se vira, ainda permanecem atravessados pela luz, direta demais, perto das janelas. Ao redor dos olhos, quando ela sorri, a carne já está delicadamente desgastada. Ela é muito pálida.

Nenhum dos hóspedes do hotel joga tênis. São jovens da região. Ninguém reclama.

– É agradável essa juventude. Eles são discretos, de resto.

Ninguém além dele percebeu isso.

– A gente se acostuma com esse barulho.

Seis dias atrás, quando ele chegou, ela já estava ali, o livro na frente e os comprimidos, embrulhada numa jaqueta comprida e vestindo calças pretas. Estava fresco.

Ele havia notado a elegância, a forma do corpo, depois o movimento, depois o sono todos os dias no parque, depois as mãos.

Alguém telefona.

Na primeira vez ela estava no parque. Ele não ouviu o nome. Na segunda vez, não ouviu corretamente.

Alguém telefona então depois da sesta. Um acordo, sem dúvida.

Sol. Sétimo dia.
Ei-la aqui de novo, perto das quadras de tênis, numa espreguiçadeira branca. Há outras espreguiçadeiras brancas, vazias em sua maioria, vazias, naufragadas frente a frente, num círculo, sozinhas.
É depois da sesta que ele a perde de vista.
Da sacada, olha para ela. Ela dorme. É alta, parece morta, ligeiramente dobrada na articulação do quadril. É esbelta, magra.
As quadras de tênis estão desertas a essa hora. Não se tem permissão de jogar durante a sesta. Recomeçam por volta das 4 horas, até o crepúsculo.
Sétimo dia. Mas no torpor da sesta irrompe a voz de um homem, viva, quase brutal.
Ninguém responde. Ele falou sozinho.
Ninguém acorda.
Só ela fica tão perto das quadras de tênis. Os outros estão mais afastados, seja no abrigo das sebes, seja nos gramados, ao sol.
A voz que acabou de falar ressoa no eco do parque.

Dia. Oitavo. Sol. O calor chegou.

Ela, tão pontual, estava ausente ao meio-dia quando ele entrou na sala de jantar. Ela chegou no momento em que o serviço havia começado, sorridente, calma, menos pálida. Ele sabia que ela não tinha ido embora por causa do livro e dos comprimidos, da mesa posta, da calma que reinara aquela manhã nos corredores do hotel. Nenhuma chegada, nenhuma partida. Ele sabia, sensatamente, que ela não tinha ido embora.

Quando ela chega, passa perto da sua mesa.

Está de perfil diante da janela. Fica mais fácil para ele mantê-la sob vigilância.

Ela é bonita. Isso é invisível.

Ela sabe?

– Não. Não.

A voz se perde junto ao portão da floresta.

Ninguém responde. É a mesma voz viva, quase brutal.

O céu está sem nuvens hoje. O calor aumenta, instala-se, penetra na floresta, no parque.

– Quase abafado, não acha?

Cortinas azuis foram baixadas sobre as janelas. Sua mesa está sob a luz azul das persianas. O que torna seu cabelo preto. E seus olhos azuis.

Hoje o barulho das bolas golpeia as têmporas, o coração.

Crepúsculo no hotel. Na luz neon da sala de jantar, ei-la de novo, descolorida, envelhecida.

De repente, com um gesto nervoso, despeja água no copo, abre os frascos, pega os comprimidos, engole.

É a primeira vez que dobra a dose.

Ainda há luz no parque. Quase todo mundo foi embora. As cortinas rígidas das janelas estão afastadas e deixam passar o vento.

Ela se acalma.

Ele pegou o livro, o seu, e o abriu. Não lê.

Vozes chegam do parque.

Ela sai.

Acaba de sair.

Ele fecha o livro.


Nove horas, crepúsculo, crepúsculo no hotel e na floresta.

– Permite-me?

Ele levanta a cabeça e o reconhece. Esteve sempre aqui, neste hotel, desde o primeiro dia. Viu-o sempre, sim, fosse no parque, fosse na sala de jantar, nos corredores, sim, sempre, na estrada em frente ao hotel, ao redor das quadras de tênis, à noite, durante o dia, perambulando neste espaço, perambulando, sozinho. Sua idade não é o que sobressai, mas sim seus olhos.

Ele se senta, pega um cigarro, oferece-lhe um.
- Não o incomodo?
- Não, não.
- Também estou sozinho neste hotel. Você entende.
- Sim.

Ela se levanta. Ela passa.

Ele se cala.
- Somos os últimos toda noite, veja, não há mais ninguém.

Sua voz é viva, quase brutal.
- Você é escritor?
- Não. Por que está falando comigo hoje?
- Durmo mal. Tenho medo de ir para o meu quarto. Pensamentos exaustivos me atormentam.

Eles se calam.
- Você não me respondeu. Por que hoje?

O outro por fim olha para ele.
- Você esperava por isso?
- É verdade.

Ele se levanta, convida-o com um gesto.
- Vamos nos sentar perto das janelas, você gostaria?
- Não vale a pena.
- Bom.

Ele não ouviu os passos dela na escada. Ela deve ter ido ao parque, esperando a noite chegar. Não sabe com certeza.

– Aqui só tem gente cansada, você sabia? Veja, não há crianças, nem cachorros, nem jornais, nem televisão.

– É por isso que você vem para cá?

– Não. Venho para cá como iria para outro lugar. Retorno todos os anos. Sou como você, não estou doente. Não. Tenho lembranças ligadas a este hotel. Elas não iriam te interessar. Conheci uma mulher aqui.

– Ela não voltou?

– Deve ter morrido.

Ele diz tudo no mesmo tom de voz, sua fala é monótona.

– Entre outras hipóteses – acrescenta –, esta é a que favoreço.

– Mesmo assim, você volta para reencontrá-la?

– Não, não, acho que não. Não vá pensar que se tratava de uma... não, não... Mas ela prendeu minha atenção durante um verão inteiro. Foi tudo o que aconteceu.

– Por quê?

Ele espera antes de responder. Raramente olha-o nos olhos.

– Não saberia dizer. Tratava-se de mim, de mim diante dela. Entende? E se fôssemos para perto das janelas?

Eles se levantam e atravessam a sala de jantar vazia. Ficam parados junto às janelas, diante do parque. Ela estava lá, sim. Caminha junto à grade da quadra de tênis, hoje de preto. Fuma. Todos os hóspedes estão lá fora. Ele não olha para o parque.

— Meu nome é Stein — ele diz. — Sou judeu.

Ei-la, passa bem perto da varanda. Passou.

— Você ouviu meu nome?

— Sim. É Stein. O tempo deve estar muito agradável. Achei que eles tivessem ido se deitar. Estão todos lá fora, veja.

— Hoje o barulho das bolas golpeava as têmporas, o coração, não acha?

— Acho sim.

Silêncio.

— Minha mulher deve vir me buscar dentro de alguns dias. Vamos sair de férias.

Seu rosto liso se fecha ainda mais. Ele fica triste?

— Ah, eu não imaginava.

— O que você imaginava?

— Nada. Entende? Eu não imaginava nada.

Quatro pessoas se põem a jogar *croquet* a esta hora do anoitecer. Ouvem-se suas risadas.

— Quanta animação — ele diz.

— Não mude de assunto.

— Minha esposa é muito jovem. Poderia ser minha filha.

— O nome dela?

– Alissa.

– Imaginei que você fosse um homem livre de qualquer vínculo fora do hotel – ele sorri –, nunca lhe chamam ao telefone. Você nunca recebe correspondência. E de repente, aí vem Alissa.

Ela permanece parada em frente a uma aleia – a que leva à floresta –, hesita, depois caminha em direção à varanda do hotel.

– Em três dias. Alissa está com a família. Faz dois anos que somos casados. Ela vai ver a família todos os anos. Já está lá há uns dez dias. Mal consigo me lembrar do seu rosto.

Ela entrou. São seus passos. Atravessa o corredor.

– Vivi com mulheres diferentes – diz Stein. – Temos mais ou menos a mesma idade, então tive tempo para as mulheres, mas nunca me casei com nenhuma. Mesmo que me prestasse à comédia do casamento, nunca a aceitei sem esse grito interior de recusa. Nunca.

Ela agora está na escada.

– E você? É escritor?

– Estou em vias de me tornar um – diz Stein. – Entende?

– Sim. Suponho que desde sempre?

– Sim. Como adivinhou?

Não há mais barulho de qualquer tipo agora. Ela deve ter chegado ao quarto.

– Como? – Stein pergunta novamente.

– Graças à sua persistência em fazer perguntas. Que não levam a lugar algum.

Eles se entreolham e sorriem.

Stein indica o que está diante dele, o parque e mais além.

– Para lá desse parque – ele diz –, a uns 10 quilômetros do hotel, existe uma famosa esplanada. Podemos ver o conjunto das colinas sobre as quais assenta a paisagem por aqui.

– É para lá que vão quando o hotel fica deserto à tarde?

– Sim. Sempre voltam ao anoitecer, você notou?

Silêncio.

– Além dessa esplanada?

– Não ouvi falar de mais nada que valesse a pena ver. Mais nada. Não... Além disso, não. Existe apenas a floresta. Está aqui por todos os lados.

As copas das árvores, por sua vez, são ocupadas pela noite. Não resta cor alguma.

– Só conheço o parque – diz Max Thor. – Tenho ficado por aqui.

Silêncio.

– No final da aleia central – diz Max Thor –, há um portão.

– Ah, você notou?

– Sim.
– Eles não vão até a floresta.
– Ah, você também sabia? – diz Stein.
– Não. Não. Eu não sabia.
Silêncio.
Então Stein vai embora do mesmo modo como chegou, sem hesitação, sem aviso. Deixa a sala de jantar com suas passadas longas e incansáveis. Uma vez no parque, diminui o ritmo dos passos. Caminha entre os outros. Olha para eles sem qualquer reserva. Jamais fala com eles.

Sol e calor no parque.
Na espreguiçadeira, ela se mexeu. Virou-se e voltou a adormecer, as pernas esticadas, desarticuladas, a cabeça apoiada no braço. Ele havia evitado passar por ela até hoje. Hoje, voltando do outro extremo do parque, faz isso, passa diante dela. O ruído de seus passos no cascalho compromete a quietude do corpo adormecido, que estremece. O braço se levanta um pouco e, por baixo dele, olhos abertos o veem com um olhar vazio. Ele passa. O corpo retoma sua imobilidade. Os olhos voltam a se fechar.
Stein se encontrava na escadaria do hotel, parecendo ausente. Eles se cruzam.

– Estou sempre tremendo – diz Stein, com uma hesitação trêmula.

Noite. Exceto pelos lumes bruxuleantes no outro extremo do parque, noite.

Agora Stein está ali quase todas as noites, junto a ele. Chega depois do jantar. Ela ainda está à mesa. À sua direita resta um último casal, que se demora. Quanto a ela, aguarda. O quê?

Avermelhamento escuro e súbito da última luz.

Os dois, Stein e ele, deixaram a mesa. Estão recostados em poltronas, em frente ao local onde ela permanece. Uma luminária está acesa. Dois espelhos recebem o poente.

– Telefone para a senhora Élisabeth Alione.

Uma voz clara, alta, de aeroporto chamou. Stein não se mexeu.

Ela se levanta. Atravessa a sala de jantar. Seu modo de caminhar é descontraído. Sorri mecanicamente ao passar pelas poltronas. Desaparece na entrada.

O último casal sai. No silêncio, nenhum som chega da cabine telefônica, localizada atrás do escritório, na outra ala do hotel.

Stein se levanta e vai em direção às janelas.

Apagam as luminárias no fundo da sala de jantar.

Não devem saber que ainda há gente ali.

– Ela não volta mais esta noite – diz Stein.

– Você conhecia esse nome?

– Eu devia conhecer, devo ter conhecido e esquecido. Não me surpreendeu.

Ele olha para o parque com muita atenção.

– Estão todos lá fora – diz. – Exceto ela. E nós. Ela não gosta do anoitecer.

– Você se engana, ela vai ao parque depois do jantar.

– Por muito pouco tempo. E foge.

Ele volta com um passo calmo e se senta de novo ao lado dele. Olha para ele por um longo tempo, inexpressivo.

– Naquela noite – diz Stein –, quando eu estava no parque, pude vê-lo sentado à sua mesa escrevendo algo com lentidão e dificuldade. Sua mão ficou muito tempo em cima da página. Depois voltou a escrever. E então, de repente, abandonou tudo. Você se levantou e foi até a sacada.

– Durmo mal. Sou como você.

– Dormimos mal.

– Sim. Escuto. Os cachorros. As paredes estalando. Até a vertigem. Então escrevo alguma coisa.

– É isso, sim... Uma carta?

– Talvez. Mas para quem? para quem? No silêncio da noite aqui, neste hotel vazio, a quem a gente pode se dirigir, não é mesmo?

— Que exaltação nos vem à noite, é verdade — diz Stein —, a você e a mim. Caminho no parque. Às vezes ouço minha voz.

— Eu o vi algumas vezes. Também ouvi, pouco antes do amanhecer.

— Sim, é isso. Sou eu. Com os cachorros ao longe, sou eu quem fala.

Eles se entreolham em silêncio.

— Está aí com você? — Stein pergunta.

— Sim.

Ele tira do bolso o envelope branco e o entrega a Stein. Stein abre, desdobra, faz silêncio, lê.

— "Minha senhora" — lê Stein. — "Minha senhora, há dez dias que a observo. Há algo na senhora que me fascina e me perturba, cuja natureza não consigo compreender, não consigo."

Stein para e recomeça.

— "Senhora, gostaria de conhecê-la sem nada esperar para mim."

Stein põe o papel de volta no envelope e o coloca sobre a mesa.

— Que calma — diz Stein. — Seria possível acreditar que as nossas noites são tão difíceis?

Stein se recosta na poltrona. Ambos têm a mesma pose.

— Você não sabe nada? — Stein pergunta.

– Nada. Além daquele rosto. E daquele sono.

Stein acende a luminária de chão entre as duas poltronas e olha para ele.

Silêncio.

– Ela não recebe correspondência, ela também não – prossegue Stein. – Mas alguém lhe telefona. Em geral após a sesta. Ela usa uma aliança. Ninguém veio ainda.

Silêncio.

Stein se levanta devagar e sai.

Durante a ausência de Stein, ele se levanta, vai em direção à mesa de Élisabeth Alione, faz um gesto na direção do livro outra vez fechado. Não vira o livro, não chega a fazê-lo.

Stein volta com o registro do hotel. Eles vão se sentar de novo sob a luminária.

– Nunca estão no escritório neste horário – diz ele –, é fácil.

Folheia o registro, detém-se.

– Aqui está ela – diz Stein.

– Alione – diz Stein com grande clareza; decifra lentamente, sua voz baixou. – Alione. Nome de solteira: Villeneuve. Nascida em Grenoble no dia 10 de março de 1931. Sem profissão. Francesa. Domiciliada na avenue Magenta, número 5, em Grenoble. Chegada no dia 2 de julho.

Stein folheia o registro e se detém outra vez.

– Aqui está você – diz Stein. – Bem ao lado dela. Thor. Max Thor, nascido em Paris no dia 20 de junho de 1929. Professor. Francês. Domiciliado na rue Camille-Dubois, número 4, em Paris. Chegada no dia 4 de julho.

Fecha o registro. Sai e volta logo em seguida. Senta-se de novo ao lado de Max Thor, que ainda está recostado.

– Sabemos alguma coisa – diz. – Avançamos pouco a pouco. Sabemos a respeito de Grenoble. E as palavras: Villeneuve, Élisabeth, e Villeneuve aos 18 anos.

Stein parece escutar alguma coisa. Alguém anda no primeiro andar.

– Subiram para se deitar – ele diz. – Se quiser, agora poderíamos caminhar um pouco no parque? As janelas dos quartos ainda estão iluminadas.

Max Thor não se move.

– Alissa – diz Max Thor –, Alissa. Aguardo-a com impaciência.

– Venha – diz Stein suavemente.

Ele se levanta. Os dois se afastam. Antes de chegar à saída, Stein aponta para a mesa em que se encontra a carta.

– Deixamos em cima da mesa? – pergunta.

– Ninguém costuma vir até aqui – diz Max Thor.

– A carta não traz nome algum.

– Vai deixá-la para Alissa?

– Ah… talvez para Alissa, sim – diz Max Thor.

Ele indica o lugar de Élisabeth Alione, sua mesa.

– Ela está lendo o mesmo romance há oito dias – diz. – Mesmo formato, mesma capa. Deve começar, esquecer o que leu, recomeçar, indefinidamente. Você sabia?

– Sim.

– Que livro é?

Stein pensa.

– Posso olhar, se você quiser. Posso me permitir fazer coisas que você não faria, como sabe.

– Faça como quiser.

Stein vai até a mesa de Élisabeth Alione, abre o livro na folha de rosto e retorna.

– Não é nada – diz Stein –, nada. Um romance para o trem. Nada.

– Foi o que imaginei – diz Max Thor. – Nada.


Dia luminoso. Choveu pela manhã. Domingo.

– Meus irmãos vieram com as esposas e os filhos – diz Alissa. – A casa estava cheia.

Élisabeth Alione abre o livro. Max Thor escuta Alissa.

– Foi bem alegre, devo dizer, principalmente à noite. Mamãe continua muito jovem.

Élisabeth Alione fecha o livro. Há três lugares postos em sua mesa. Ela olha na direção da porta da sala de jantar. Está de preto. As janelas estão fechadas.

– Não mudou de ideia? Ainda iremos no Natal?

– Ficarei feliz em passar alguns dias lá, sim.

– Eu me pergunto por que você fica entediado na companhia deles – diz Alissa, sorrindo. – Não são mais entediantes do que os outros... acho que não.

– Sinto-me um pouco deslocado lá. Não sou muito mais jovem do que sua mãe.

– Em alguns momentos pensei que eu era jovem demais.

Max Thor parece surpreso.

– Nunca pensei nisso – diz ele. – Exceto pelo fim da minha vida, que sem dúvida será solitário. Mas veja, aceitei esse abandono desde o primeiro dia.

– Eu também.

Eles riem. E enquanto Stein atravessa a sala de jantar, Élisabeth Alione se levanta e também ri na direção da porta: um homem e uma menina acabam de entrar. Alissa olha para o homem.

– Um homem bonito da província – diz Alissa.

– Anita – diz Élisabeth Alione.

A voz vem de longe, suave, esperada. Eles se beijaram. Sentaram-se.

– Quem está neste hotel?

– Pessoas doentes – ele sorri, debochado –, percebi isso de repente no domingo passado: as famílias chegam de manhã e vão embora à noite. Não há crianças.

Alissa se vira e olha.

– É verdade... Então, você não quer ir embora agora mesmo?

– Eu te disse isso?

– No quarto, quando cheguei.

– Ah, alguns dias, mas também podemos ir embora amanhã de manhã conforme planejado.

Silêncio.

– Talvez você não esteja com vontade de viajar este ano? – Alissa pergunta depois de uma pausa. Sorri. – Você já viajou muito...

– Não é isso.

Olham um para o outro.

– Sinto-me bem aqui, quase feliz.

Anita deve ter 14 anos.

O marido de Élisabeth Alione talvez seja mais jovem do que ela.

– Quase feliz? – Alissa pergunta.

– Eu quis dizer: à vontade.

Stein volta a passar e faz uma breve saudação a Max Thor. Alissa olha muito atentamente para Stein.

– É um sujeito chamado Stein. Às vezes conversamos.
Os primeiros casais começam a sair. Alissa não os vê.
– Stein – diz Max Thor. – Um judeu também.
– Stein.
– Sim.
Alissa olha na direção das janelas.
– É verdade que este hotel é agradável – diz. – Principalmente por causa desse parque.
Ela escuta.
– Onde ficam as quadras de tênis?
– Lá embaixo, quase encostadas no hotel.
Alissa fica imóvel.
– Tem a floresta.
Ela olha para lá, de repente só olha para a floresta.
– Sim.
– É perigosa? – ela pergunta.
– É. Como você sabe?
– Eu observo – diz ela –, vejo-a.
Ela reflete, seus olhos ainda para além do parque, na direção da floresta.
– Por que é perigosa? – pergunta.
– Assim como você, não sei. Por quê?
– Porque eles têm medo dela – diz Alissa.
Recosta-se na cadeira, olha para ele, olha para ele.
– Não estou mais com fome – diz.

A voz mudou de repente. Ficou mais abafada.

– Sinto-me profundamente feliz por você estar aqui.

Ela se vira. Seu olhar retorna. Lentamente.

– Destruir – diz ela.

Ele lhe sorri.

– Sim. Vamos subir ao quarto antes de ir ao parque.

– Sim.

Élisabeth Alione chora em silêncio. Não é uma cena. O homem bateu de leve na mesa. Ninguém pode ver que ela chora, exceto ele, que não olha para ela.

– Não vim a conhecer ninguém. Exceto esse Stein.

– A palavra "feliz" escapou de você há pouco?

– Não... acho que não.

– Feliz neste hotel. Feliz, é curioso.

– Eu mesmo também estou um pouco surpreso.

Élisabeth Alione chora de vontade de ir embora do hotel. Ele não quer. A menina se levantou e foi para o parque.

– Por que essa mulher está chorando? – Alissa pergunta com suavidade. – Essa mulher atrás de mim?

– Como você sabe? – grita Max Thor.

Ninguém se vira.

Alissa reflete. Faz um sinal para ele indicando que não sabe. Max Thor está calmo outra vez.

– Isso acontece com frequência quando há visitantes – diz ele.

Ela olha para ele.
– Você está cansado.
Ele sorri.
– Não durmo.
Ela não se surpreende. A voz fica abafada de novo.
– Às vezes, o silêncio pode impedir de dormir, a floresta, o silêncio?
– Talvez, sim.
– O quarto de hotel?
– Também, sim.
A voz agora é quase imperceptível. Os olhos de Alissa são imensos, profundamente azuis.
– É uma ideia, ficar alguns dias – diz ela.
Levanta-se. Titubeia. Só restam Élisabeth e o marido na sala de jantar. Stein voltou.
– Vou ao parque – murmura Alissa.
Max Thor se levanta. Encontra Stein na entrada do hotel. Está iluminado de felicidade.
– Você não me disse que Alissa era louca – diz Stein.
– Eu não sabia – diz Max Thor.

Parque. Dia. Domingo.
O grupo formado por Élisabeth Alione e sua família se aproxima de Alissa e Max Thor. Passa diante deles.

Caminha em direção à varanda. Ouve-se – uma voz de homem:
– O médico foi claro, você precisa dormir.
Élisabeth segura Anita pela cintura. Sorri.
– Vamos voltar uma última vez – voz de criança.
Alissa observa? Sim.
Estão à sombra de uma árvore. Élisabeth retorna devagar. Alissa fecha os olhos. Élisabeth se deita na espreguiçadeira. Também fecha os olhos. No rosto, o sorriso inicial vai desaparecendo pouco a pouco para dar lugar à ausência de qualquer expressão.
– É uma doente? – Alissa pergunta.
Falou em voz baixa, monótona.
– Sem dúvida. Dorme todas as tardes.
– Não ouvimos nada além de pássaros – diz Alissa, e geme.
Também fecha os olhos.
Silêncio. Vento.
Élisabeth Alione abre os olhos, puxa sobre si uma manta branca.
Silêncio.
– Não se preocupe – diz Max Thor.
– Aconteceu alguma coisa, não foi?
– Não sei.
Eis Stein. Vem do hotel.

– Que eu possa entender?

– Sim.

Stein não para diante deles, mas os fita. Permanecem de olhos fechados. Também são pálidos. Stein dá um passo longo e hesitante em direção ao fundo do parque.

– Há algo neste hotel que me incomoda e me intriga. Não entendo muito bem. Não procuro entender. Outros poderiam dizer que se trata de desejos muito antigos, de sonhos tidos na infância...

Alissa não se mexe.

– Escrever, talvez – diz Max Thor. – Porque tudo acontece aqui como se eu entendesse que se poderia... – sorri de olhos fechados – a cada noite, desde que cheguei a este hotel, estou em vias de começar... não escrevo, nunca escreverei... sim, cada noite muda o que eu escreveria se escrevesse.

– Então acontece à noite.

– Sim.

Silêncio. Os olhos dele estão fechados.

– Você parece feliz – diz ela.

Silêncio.

– Eu falava com você.

– Sim. Não entendo. Ainda não entendo – diz ela.

Ele não responde.

Stein retorna.

Max Thor não o vê.

Stein caminha em direção a eles.

– Aí vem Stein – diz Alissa.

– Deixe-o, que venha – grita Max Thor. Chama: – Stein, estamos aqui.

– Ele vem.

Stein chega.

– Voltei cedo demais – grita Alissa para ele.

Stein não responde. Olha para o parque, para as pessoas que dormem. Ninguém se mexeu desde há pouco. Stein, parado acima de Alissa, olha para ela.

– Não entendo, ainda não entendo – Alissa grita para ele.

Stein, parado acima de Alissa, olha para ela, olha para ela.

– Alissa – diz –, ele esperava por você, estava contando os dias.

– Exatamente – grita Alissa.

Stein não responde. Max Thor parece estar entregue a um repouso profundo desde que Stein chegou.

– Talvez nos amemos demais? – pergunta Alissa – talvez o amor seja grande demais – ela grita – entre mim e ele, forte demais, demais, demais?

– Entre mim e ele? – continua a gritar Alissa. – Entre mim e ele somente, haveria amor demais?

Stein não responde.

Ela para de gritar. Põe-se a olhar para Stein.

– Nunca mais vou gritar – diz Alissa.

Sorri para ele. Seus olhos são imensos e de um azul profundo.

– Stein – diz ela em voz baixa.

– Sim.

– Stein, ele estava sem mim, à noite, no quarto dele. Tudo tinha voltado a existir sem mim, a noite também.

– Não – diz Max Thor –, é impossível ela existir sem você de agora em diante.

– Mas eu não estava lá – Alissa chora debilmente –, nem no quarto nem no parque.

Silêncio. Brutalmente, o silêncio.

– No parque – diz Stein –, sim. Você já estava no parque.

Ela aponta para ele, que ainda tem os olhos fechados.

– Talvez ele não saiba? – pergunta a Stein –, não saiba o que lhe aconteceu?

– Não sabe – diz Stein.

– Já não era indispensável te encontrar – diz Max Thor.

Abre os olhos, olha para eles. Que não olham para ele.

– É o que sei – diz.

– Não vale a pena sofrer, Alissa – diz Stein. – Não vale a pena.

Stein senta-se no cascalho, olha para o corpo de Alissa, esquece. Lá adiante, Élisabeth Alione virou-se para a varanda do hotel. Voltou a dormir.

Silêncio. Silêncio sobre Alissa.

– Stein – pergunta Alissa –, é no parque que você dorme?

– Sim, em diferentes lugares do parque, justamente.

Max Thor estende a mão e pega a mão gelada de Alissa, sua mulher estupefata sob um olhar azul.

– Não sofra mais, Alissa – diz Stein.

Stein se aproxima, coloca a cabeça nas pernas nuas de Alissa. Acaricia-as, beija-as.

– Como eu te desejo – diz Max Thor.

– Como ele te deseja – diz Stein –, como ele te ama.

Crepúsculo. Cinza.

Ainda há luz suficiente para jogar tênis. As bolas quicam em meio ao crepúsculo cinza.

Também perto das janelas ainda está claro. Enquanto na parte dos fundos da sala de jantar as luminárias já estão acesas.

As janelas estão abertas. O calor continua. Élisabeth Alione se levanta e vai em direção à abertura das janelas. Olha para as quadras de tênis e depois para o parque.

– Eu ainda não te conheceria – diz Alissa –, não teríamos trocado uma palavra. Eu estaria nesta mesa. Você, em outra mesa, sozinho, como eu – ela para –, não haveria Stein, haveria? ainda não?

– Ainda não. Stein vem mais tarde.

Alissa olha fixamente para a parte escura da sala de jantar, apontando para aquela direção.

– Ali – diz ela –, você estaria ali. Você, ali. Eu, aqui. Estaríamos separados. Separados pelas mesas, pelas paredes dos quartos – ela abre os punhos fechados e dá um grito suave: – ainda separados.

Silêncio.

– Haveria nossas primeiras palavras – diz Max Thor.

– Não – grita Alissa.

– Nossos primeiros olhares – diz Max Thor.

– Talvez, não, não.

Silêncio. Suas mãos estão de novo sobre a mesa.

– Tento entender – diz ela.

Silêncio. Élisabeth Alione está na abertura das janelas, o corpo inclinado para o buraco de ar cinza sob a vidraça suspensa.

– O que haveria? – pergunta Max Thor.

Ela pensa, pensa.

– Um crepúsculo cinzento – diz, por fim. Aponta.
– Eu assistiria ao tênis e você chegaria mais perto. Eu não ouviria nada. E você estaria perto de repente. Você também assistiria.

Ela não apontou para Élisabeth Alione, que assiste ao tênis.

Silêncio no hotel. O tênis está acabando?

– Você tenta entender – diz ela –, você também.

– Sim. Talvez houvesse uma carta?

– Sim, uma carta, talvez.

– "Faz dez dias que te observo" – diz Max Thor.

– Sim. Sem endereço, jogada. Eu ia encontrá-la.

Não, o tênis de novo. As bolas repicam num crepúsculo líquido, num lago cinzento. Élisabeth Alione pega uma cadeira e senta-se em silêncio. A partida está animada.

– Mas aconteceu, não?

Ele hesita.

– Talvez – diz.

– É verdade. Talvez não haja certeza.

Ela sorri, inclinando-se para ele.

– Deveríamos nos separar todo verão – diz –, esquecer um do outro, como se isso fosse possível?

– É possível – ele a chama: – Alissa, Alissa.

Ela está surda. Suas palavras surgem de repente, de modo lento, claro.

– É quando você está aqui que posso te esquecer – diz ela. – Onde está aquele livro? Você pensa naquele livro?

– Não. Falo com você.

Ela se cala.

– Quem é o personagem do livro?

– Max Thor.
– O que ele faz?
– Nada. Alguém assiste.

Ela se vira para Élisabeth Alione, que de perfil assiste à partida de tênis, o corpo ereto.

– Por exemplo, uma mulher? – Alissa pergunta.
– Por exemplo, sim. Você, se eu não te conhecer, ou essa mulher que está assistindo.
– Ao quê?
– Ao tênis, eu acho.

Parece que Alissa não entendeu a referência a Élisabeth Alione.

– Nós olhamos muito as quadras. Até quando estão desertas, quando chove. É uma ocupação mecânica.
– No livro que não escrevi só havia você – diz Alissa.
– Com que força – diz Max Thor, rindo –, com que força às vezes é preciso não escrever. Nunca escreverei livros.
– É possível dizer uma coisa dessas?
– De modo deliberado, sim.
– Stein vai escrever – diz Alissa. – Então não precisamos escrever.
– Sim.

Élisabeth Alione, com seu andar tranquilo, sai da claridade das janelas. Passa pelas mesas vazias, pela deles também. Mantém os olhos baixos. Max Thor desvia o olhar muito ligeiramente para Alissa, Alissa que olha para ela sem atenção particular, ao que parece.

Ela saiu dali. Eles se calam.

– Então haveria algo a dizer sobre o tênis? – Alissa pergunta.

– Sim. Sobre as quadras que são observadas.

– Por uma mulher?

– Sim. Distraída.

– Pelo quê?

– Pelo nada.

– Sobre quadras de tênis desertas, à noite – continua Alissa –, haveria algo a dizer também?

– Sim.

– Mais parecem gaiolas – diz Alissa, sonhadora. – Você inventaria coisas em seu livro?

– Não. Descreveria.

– Stein?

– Não. Stein olha em meu lugar. Eu descreveria o que Stein olha.

Alissa se levanta, vai em direção às janelas, volta. Max Thor olha para a forma frágil do seu corpo.

– Eu queria ver o que ela estava olhando – diz Alissa.

– Você é tão jovem – diz Max Thor – que quando anda...

Ela não responde.

– O que você faz o dia todo? À noite?

– Nada.

– Não lê?

– Não. Finjo.

– Onde você está no livro?

– Em preâmbulos sem fim.

Ele se levantou. Olham um para o outro. Ela tem os olhos brilhantes.

– É um belo tema – diz Alissa. – O mais belo.

– Às vezes converso com Stein. Este verão só pode durar alguns dias.

Ela está em seus braços. E o empurra.

– Vá até aquele parque – diz. – Desapareça naquele parque. Que ele te devore.

É quando eles se beijam que as luzes se apagam e dois lugares no fundo da sala de jantar se acendem, como uma designação.

– Eu vou – diz Alissa. – Vou ao parque com você.

Max Thor sai. Alissa corre até a poltrona e mergulha nela, a cabeça entre as mãos.

Noite fechada.

Os lampiões do parque estão acesos. Na sala de jantar ainda há o vulto de Alissa na poltrona. Stein aparece.

Vai até Alissa. Senta-se ao lado dela sem dizer uma palavra, tranquilo. Sobre a mesa está o envelope branco.

– Alissa – ele finalmente chama. – É Stein.

– Stein.

– Sim. Estou aqui.

Ela não se move. Stein se deixa escorregar até o chão, apoia a cabeça nos joelhos de Alissa.

– Não te conheço, Alissa – diz Stein.

– Ele deixou de me amar, de certa maneira, talvez?

– Foi aqui que ele entendeu que não podia mais imaginar a vida sem você.

Ficam em silêncio. Ele coloca as mãos no corpo de Alissa.

– Você faz parte de mim, Alissa. Seu corpo frágil faz parte do meu corpo. E eu te ignoro.

Uma voz clara e aguda de aeroporto chama no parque:

– Telefone para Élisabeth Alione.

– Que belo nome tem essa mulher – diz Alissa –, essa estranha que assistia ao tênis antes de você chegar. Élisabeth Alione. É um nome italiano.

– Ela estava aqui quando ele chegou.

– Sempre sozinha?

– Quase sempre. O marido vem às vezes.

– Aquele imbecil na mesa, ontem, era ele?

– Sim.

– Ela estava chorando. Fora isso, parece dormir quase o tempo todo. Toma tranquilizantes. Eu vi. Deve tomar mais do que deveria.

– É o que dizem.

– Sim. Ela não é impressionante à primeira vista, e depois se torna, de repente... é estranho... A gente passa a admirá-la. E o seu sono é leve, quase infantil...

Ela se levanta e toma a cabeça de Stein nas mãos.

– Você não pode falar comigo, pode?

– Não.

– De modo que é a primeira vez entre mim e ele que nos é impossível falar um com o outro. Que ele esconde algo de mim...

– Sim.

– Ele não sabe muito bem o que é, não é mesmo?

– Só sabe que tudo desapareceria com você.

Ela pega a carta com um gesto lento, abre o envelope.

– Stein, olhe junto comigo.

Lado a lado, quase confundidos, leem:

– "Alissa sabe" – lê Stein. – "Mas o que sabe?"

Alissa coloca a carta de volta no envelope e rasga tudo com muita calma.

– Eu a escrevi para você – diz Stein – quando não sabia que você tinha adivinhado tudo.

Eles vão, braços entrelaçados, em direção às janelas.

– Ela voltou do telefonema? – Alissa pergunta.

– Sim.

– Ele não está longe dela? Não fala com ninguém? Olhe, Stein. Olhe em meu lugar.

– Não, não fala com ninguém. Nunca fala com ninguém. Temos que arrancar as palavras dele. Só responde quando lhe falam. Toda uma parte dele é assim, muda. Ele está sentado e espera.

– Fazemos amor – diz Alissa –, todas as noites fazemos amor.

– Eu sei – diz Stein. – Vocês deixam a janela aberta e eu os vejo.

– Ele a deixa aberta para você. Para que nos veja.

– Sim.

Sobre a boca dura de Stein, Alissa colocou sua boca de criança. Ele fala assim.

– Você nos vê? – diz Alissa.

– Sim. Vocês não falam um com o outro. Toda noite eu espero. O silêncio os prende na cama. A luz não se apaga mais. Uma manhã encontrarão vocês, sem forma, juntos, uma massa de alcatrão, não vão entender. Exceto eu.

Dia no parque. Sol.

Alissa Thor e Élisabeth Alione, a 10 metros uma da outra, estão deitadas. Alissa, olhos entreabertos, observa Élisabeth Alione.

Élisabeth Alione dorme, o rosto nu pendendo ligeiramente sobre o ombro. Seu corpo está pontilhado de borrões de luz que a sombra da árvore deixa passar. O sol está fixo. O ar, completamente calmo. Sob o efeito de sucessivos deslumbres, Alissa descobre, descobre o corpo sob o vestido, as longas pernas com coxas lisas, de corredora, a extraordinária flexibilidade das mãos adormecidas, pendentes na ponta dos braços, a cintura, o volume seco dos cabelos, o lugar dos olhos.

Atrás da janela da sala de jantar, Max Thor olha para o parque. Alissa não o vê. Está voltada para Élisabeth Alione. De Alissa, Max Thor só vê o sono falso, os cabelos e as pernas sobre a espreguiçadeira.

Max Thor fica por um momento de frente para o parque. Quando se vira, Stein está perto dele.

– Foram todos passear – diz Stein. – Estamos sozinhos.

Silêncio.

As janelas estão abertas para o parque.
– Que calma – diz Stein. – Podemos ouvi-
-las respirando.
Silêncio.
– Alissa sabe – diz Max Thor. – Mas o que sabe?
Stein não responde.

Alissa se levantou. Anda descalça pela aleia. Passa por Élisabeth Alione. Parece hesitar. Sim. Retorna pelo mesmo caminho, chega à altura de Élisabeth Alione e, por alguns segundos, fica parada diante dela. Em seguida, vai até sua espreguiçadeira e a aproxima alguns metros de Élisabeth Alione.

O rosto de Max Thor, como se estivesse suspenso, de repente se desvia.
Stein não se move.

Élisabeth Alione acorda lentamente. Foi o raspar da espreguiçadeira no cascalho que a acordou.
Elas sorriem uma para a outra.

Max Thor, recuando, ainda não olha. Está rígido. Seus olhos estão semicerrados.

– O sol estava batendo em você – diz Alissa.

– Posso dormir em pleno sol.

– Eu não consigo.

– É um hábito. Numa praia, também durmo bem.

    – Ela falou – diz Stein.
    Max Thor se reaproxima de Stein. Olha.
    – A voz dela é a que ela tinha com Anita – diz.

– Também? – Alissa pergunta.

– Moro numa região fria – diz Élisabeth Alione. – Então, nunca tomo sol o suficiente.

Na sombra, os olhos azuis de Alissa intrigam.

– Você acabou de chegar.

– Não, estou aqui faz três dias.

– Veja só...

– Não estamos longe uma da outra na sala de jantar.

– Enxergo muito mal – diz Élisabeth Alione, e sorri –, não enxergo nada. Geralmente uso óculos.

– Aqui não?

Ela faz um leve biquinho.

– Não. Aqui estou convalescendo. Isso relaxa meus olhos.

– Onde você conheceu Alissa? – Stein pergunta.

– Dormindo – diz Max Thor –, na minha aula.

– Entendo – diz Stein –, entendo.

– É o caso da maioria dos meus alunos. Esqueci todo o conhecimento.

– Ah, entendo.

– Convalescendo? – Alissa pergunta.

Élisabeth Alione semicerra os olhos para ver essa mulher que escuta com tanta atenção.

– Estou aqui por causa de um parto que deu errado. A criança morreu ao nascer. Era uma menininha.

Ela se levanta por completo, passa as mãos no cabelo, sorri com dificuldade para Alissa.

– Tomo remédios para dormir. Durmo o tempo todo.

Alissa, por sua vez, sentou-se.

– Foi um choque nervoso muito duro?

– Sim. Eu não dormia mais.

A voz está mais lenta.

– E além disso tive uma gravidez difícil.

– Aí vem a mentira – diz Max Thor.
– Ainda está longe.
– Sim, ela ainda não sabe.

– Uma gravidez difícil? – pergunta Alissa.
– Sim. Muito.
Elas se calam.
– Você pensa muito nisso?
Ela se sobressaltou com a pergunta. Sua face está menos pálida.
– Não sei – ela se recobra –, quer dizer, como não devo pensar nisso, não é mesmo... e além do mais durmo bastante... poderia ter ido para a casa dos meus pais no Midi. Mas o médico disse que eu tinha que ficar completamente sozinha.

– A destruição capital virá primeiro pelas mãos de Alissa – diz Stein. – Você não é dessa opinião?
– Sim. Por sua vez, você é desta opinião: ela não é totalmente isenta de perigo?
– Sim – diz Stein. – Sou dessa opinião sobre Alissa.

– Completamente sozinha? – Alissa pergunta.

– Sim.

– Por quanto tempo?

– Três semanas. Cheguei no dia 2 de julho.

Uma onda de profundo silêncio passa sobre o hotel, o parque. Élisabeth Alione teve um tremor.

– Alguém passou – ela indica um lugar – no fundo do parque?

Alissa olha ao redor.

– Só pode ser Stein, se for alguém – diz Alissa.

Silêncio.

– Talvez você precisasse fazer um esforço por conta própria, sozinha, sem a ajuda de ninguém – diz Alissa.

– Talvez. Não fiz perguntas.

Ela está esperando, ao que parece, observa o parque com atenção.

– As pessoas logo voltarão do passeio – diz.

> – Ela olha para o nada – diz Stein. – É a única coisa para a qual olha. Mas com atenção. Ela olha para o nada com atenção.
>
> – É isso – diz Max Thor –, é esse olhar que...

– Logo voltarão – diz Alissa –, sim.

– Ah... eu gostaria de acordar – diz ela.

Levanta-se de repente, como se estivesse doente. Alissa não se move.

– Disseram-lhe para caminhar um pouco todos os dias?

– Sim. Meia hora. Não é contraindicado.

Élisabeth aproxima a espreguiçadeira de Alissa e volta a se sentar. Estão próximas. Élisabeth Alione tem olhos muito claros.

O esforço de olhar para Alissa é bem visível. Eis que acontece: Élisabeth Alione descobre o rosto de Alissa.

– Podemos caminhar juntas se você quiser... – diz ela.

– Daqui a pouco – diz Alissa.

> – Você quis Alissa assim que a descobriu?
> – Stein pergunta.
> – Não – diz Max Thor. – Eu não queria ninguém. E você?
> – Eu, assim que ela passou pela porta do hotel – diz Stein.

– Daqui a pouco – diz Alissa. – Está cedo.

– O segundo médico que vi – diz Élisabeth Alione – era de opinião contrária. Queria que eu fosse para um lugar muito alegre, com gente. Meu marido achou o primeiro médico mais razoável.

– O que você acha?

– Ah... fiz o que queriam... Para mim, tanto faz... Parece que a floresta está descansando.

Chegam os jogadores. Não as veem.

Elas assistem ao tênis.

Alissa sorriu. Élisabeth não percebeu.

– Você não joga tênis?

– Não sei jogar... E além disso fui... o parto foi... não devo fazer esforço.

> – Dilacerada – diz Max Thor. – Sangrando.
> – Sim.

– Você vai até a floresta?

– Ah, não. Sozinha, não. Você já viu essa floresta?

– Ainda não. Acabo de chegar. Estou aqui faz três dias.

– É verdade... Você está doente, talvez?

– Não – Alissa ri –, estamos aqui por causa de um erro. Achamos que este hotel era como outro qualquer. Não me lembro de quem nos recomendou... provavelmente um colega da universidade. Ele nos falou da floresta, justamente.

– Ah.

Élisabeth Alione de repente sente calor. Move a cabeça para trás, respirando fundo.

– Como o ar está abafado – diz. – Mas que horas são, afinal?

Alissa faz um sinal indicando que ignora.

Calam-se.

    – Há dois anos, quando ela chegou na minha casa, uma noite, Alissa tinha 18 anos – diz Max Thor.

    – No quarto – diz Stein, devagar –, no quarto, Alissa não tem mais idade.

– Você queria muito essa criança? – Alissa pergunta.

Ela hesita.

– Acho que sim... a pergunta não surgiu.

    – Alissa só acredita na teoria de Rosenfeld – diz Stein –, você sabia?

    – Sim. Você também, suponho?

    – Acabo de ficar sabendo do que se trata.

– Quer dizer... – diz Élisabeth Alione –, era sobretudo meu marido quem queria... ele queria outro filho. Tive muito medo de que ficasse desapontado, você entende. Eu tinha esse tipo de medo..., de que ele se distanciasse de mim porque a criança tinha... mas eu não deveria falar sobre isso. O médico me disse para evitar falar sobre isso...

– Você o escuta?

– Sim. Por quê?

Ela questiona com os olhos. Alissa aguarda.

– Você podia não escutar ninguém – diz Alissa com suavidade –, fazer o que quiser.

Élisabeth Alione sorri.

– Não tenho vontade.

– Quer vir até a floresta?

De repente, um certo medo no olhar de Élisabeth Alione.

> – Vamos deixá-la ir para a floresta com Alissa? – pergunta Max Thor.
> – Não – diz Stein. – Não.

– Estou aqui – diz Alissa –, não tenha medo.

– Não vale a pena – ela olha para a floresta, hostil –, não, não vale a pena.

– Você teria medo comigo?

– Não... mas por que ir até lá?

Alissa desiste.

– Você tem medo de mim – diz Alissa com suavidade.

Élisabeth Alione sorri, confusa.

— Ah, não... não é isso... é...

— O quê?

— Tenho horror a esse lugar.

— Você não o vê – diz Alissa, sorrindo.

— Ah... é o que pensam – diz ela.

— Não – diz Alissa com suavidade –, você estava com medo de mim. Muito pouco. Mas era medo.

Élisabeth olha para Alissa.

— Você é extraordinária – diz. – Quem é você?

Alissa sorri para Stein e Max Thor. Está distraída.

— Você acha?

Stein parece feliz. Élisabeth descobre os dois homens atrás das janelas.

— Ah. Havia gente ali – diz.

— Não. Eles acabaram de chegar, neste instante.

Silêncio.

— Você está sempre sozinha – diz Alissa.

— Ninguém fala com ninguém aqui.

— E você? Teria falado comigo se eu não tivesse feito isso?

— Não – Élisabeth sorri –, sou uma pessoa tímida. Além disso, não fico entediada, tomo remédios demais para ficar entediada... Ah, passa rápido. Mais alguns dias...

Alissa se cala. Élisabeth Alione olha para as janelas. Stein e Max Thor acabaram de sair dali. Estão no parque.

– Quantos?

– Oito dias... É meu marido quem fica entediado... Ele vem me ver aos domingos com minha filha. Ela estava aqui ontem.

– Eu a vi. Ela já é grande.

– Catorze anos e meio. Não se parece em nada comigo.

– Enganam-se. Ela ainda se parece com você.

– O que você quer dizer?

– Que as semelhanças... isso não é verdade. Ela anda como você. Assistia ao tênis como você, quando você chorou.

Élisabeth olha para o chão.

– Ah – diz ela –, não era nada, criancices. Era por causa dela, Anita. Tenho dificuldade em me separar.

– Ainda não tenho filhos – diz Alissa. – Sou casada há pouco tempo.

– Ah – ela olha furtivamente para Alissa –, você tem muito tempo. Seu marido está aqui?

– Sim. Um homem solitário. A mesa dele fica ao fundo, à esquerda, na sala de jantar. Você não o vê?

– Um que usa óculos, que já não é muito jovem, enfim...

– Isso... eu poderia ser filha dele.

Élisabeth Alione procura se lembrar.

– Mas ele está aqui há muito tempo, não?

– Nove dias. Deve ter chegado alguns dias depois de você, dois dias.

– Estou me confundindo, então... Ele não tem um ar um pouco triste?

– Quando fica em silêncio, sim. É judeu. Você reconhece os judeus?

– Eu, não muito bem. Meu marido, imediatamente, mesmo quando...

Ela para, dando-se conta do risco que corre.

– Sim? Há um outro homem com ele, Stein, outro judeu, você deve estar confundindo-os.

Alissa lhe sorri. Ela se tranquiliza.

– Venho da casa dos meus pais – explica Alissa. – Vim encontrá-lo. Sairemos de férias em alguns dias. Venha caminhar um pouco no parque, venha.

Elas se levantam.

– Para onde vocês vão de férias? – pergunta Élisabeth Alione.

– Não sabemos de antemão – diz Alissa.

Chegam às quadras de tênis. Stein, diante delas, desce a escada do hotel.

– Por que você não escutou o segundo médico? – Alissa pergunta.

Élisabeth tem um sobressalto e solta um leve grito.

– Ah, você adivinhou que havia alguma coisa – diz.

Chegam à varanda onde Stein as aguarda.

– Esse é Stein – diz Alissa. – Élisabeth Alione.

– Estávamos procurando por você para dar um passeio na floresta – diz Stein.

Max Thor também desce a escada do hotel. Vem devagar. Tem os olhos baixos. Alissa e Stein o observam chegar.

– Apresento-lhe o meu marido – diz Alissa. – Max Thor. Élisabeth Alione.

Ela não percebe nada, nem a mão gelada nem a palidez. Tenta se lembrar, não consegue.

– Eu confundia vocês – diz, sorrindo.

– Vamos para a floresta – diz Alissa.

Ela dá um passo, seguida por Stein. É como se Max Thor não tivesse ouvido. Élisabeth Alione espera. Então Max Thor dá um passo em direção a Alissa como se quisesse impedi-la. Mas Alissa seguiu em frente.

Então os três se voltam para Élisabeth Alione. Ela ainda não se mexeu.

– Venha – diz Alissa.

– Bem...

– A senhora Alione tem medo da floresta – diz Alissa.

– Podemos ficar no parque, nesse caso – diz Max Thor.

Alissa volta para Élisabeth e lhe sorri.

– Escolha – diz ela.

– Quero ir para a floresta sim – diz ela.

Começam a andar, precedidas por Stein e Max Thor.

– Vamos ficar no parque – diz Élisabeth Alione.

Silêncio.

– Como quiser – diz Alissa.

Silêncio. Eles retornam pelo mesmo caminho.

– Voltando ao que falávamos – diz Stein –, a destruição capital.

Noite no parque. Clara.

Alissa está deitada num gramado. Max Thor eleva-se sobre ela de corpo inteiro. Estão sozinhos.

– O meio é o da média burguesia – diz Alissa. – O marido deve estar tendo um caso. Ela deve ter se casado muito jovem e tido essa menina logo em seguida. Eles permaneceram no Dauphiné. Ele assumiu os negócios do pai. Ela está apavorada.

Alissa se levanta.

Olham um para o outro.

– Ela diz que está apavorada com a ideia de ser deixada. Também fala muito do bebê morto. Mas isso deve ter sido sério.

– Nós vamos embora – diz Max Thor.

– Não.

– "Meu livreiro me aconselha. Ele me conhece, sabe de que tipo de livro eu gosto. Quanto ao meu marido, lê coisas científicas. Não gosta de romances, lê coisas muito difíceis de entender… ah, não é que eu não queira ler… mas no momento… durmo…"

Ele se cala.

– "Sou uma pessoa que tem medo" – continua Alissa –, "medo de ser abandonada, medo do futuro, medo de amar, medo da violência, da multidão, medo do desconhecido, da fome, da miséria, da verdade."

– Você é louca, Alissa, louca.

– Também estou surpresa – diz Alissa.

Silêncio.

– Quando ela diz: "Durmo" – diz Alissa –, vejo seu sono e você, você diante desse sono.

– Só eu?

– Não.

Silêncio.

Alissa olha ao redor.

– Onde está Stein?

– Ele virá. Venha para o quarto.

– Estou esperando Stein.

– Partiremos amanhã, Alissa.

– Temos um encontro marcado com Élisabeth Alione depois da sesta. É impossível.

– Vamos até a floresta?

– Não. Ficaremos no parque.

Do fundo do parque vem Stein.

– Seus cabelos – ele diz.

Toca-os. Estão curtos.

– Eles eram bonitos – diz Stein.

– Bonitos demais.

Ele reflete.

– Ele percebeu? – indica Max Thor.

– Ainda não disse. Eu mesma cortei. Estavam no chão do banheiro. Ele deve ter passado por cima.

– Eu gritei – diz Max Thor.

– Eu o ouvi gritar. Mas ele não disse nada. Achei que você gritava por outro motivo.

Stein a toma nos braços.

– Qual? – pergunta Max Thor.

– Impaciência – diz Alissa.

Silêncio.

– Venha para perto de mim, Alissa – diz Stein.

– Sim. O que vamos nos tornar?

– Não sei.

– Não sabemos – diz Max Thor.

Alissa Thor está com a cabeça enterrada nos braços de Stein.

– Ela está se acostumando com a nossa presença. Disse:

"O senhor Stein é um homem que inspira confiança".

Eles riem.

– E sobre ele? – diz, indicando Max Thor.

– Nada. Ela falou sobre ir embora. Não quer mais sair do parque, diz que está esperando um telefonema do marido.

Eles andam em torno das quadras de tênis. A sacada de seu quarto está iluminada.

– Poderíamos ir para a floresta com ela – diz Stein.

– Não – grita Max Thor.

– Só nos restam três dias – diz Alissa. – Três noites.

Param.

– Ele quer ir embora. Diz isso, Stein.

– Farsa – diz Stein.

– Quanto a mim, não posso mais ir embora – diz Alissa.

– Venha para o quarto – diz Max Thor.


Dia no parque.

Élisabeth Alione está sentada diante de uma mesa no parque. Ao seu lado se encontra Alissa Thor, de pé.

– Os dois médicos concordaram em me mandar embora – diz Élisabeth Alione. – Eu chorava o tempo todo. Não sabia nem mesmo dizer por quê.

Sorri para Alissa.

– Agora estou começando a falar sobre isso de novo... Provavelmente é mais forte do que eu.

– Por que tê-la obrigado a ficar sozinha? Se você não fosse alguém... forte, poderia ter sido um pouco perigoso, não?

Élisabeth baixa os olhos e se contém. É a primeira vez.

– Não sou uma pessoa forte – olha para ela –, você se engana.

– É você quem diz isso?

Os olhos se afastaram outra vez. Há um tom distante de advertência.

– Dizem isso ao meu redor. Também acho.

– Quem diz?

– Ah... os médicos... meu marido também.

– Uma mulher na sua situação... moral... física, é muito vulnerável, e podem lhe acontecer coisas que normalmente não lhe aconteceriam. Não te disseram isso?

– Não entendo – diz Élisabeth Alione após uma pausa.

– Outras mulheres, diferentes de você, poderiam acabar arrumando problemas...

Alissa ri. Élisabeth ri também.

– Ah, que ideia, ah não, eu não.

Calam-se.

– Eles estão atrasados – diz Alissa. – Dissemos 5 horas.

– Eu te privei de um passeio – pede desculpas Élisabeth

Alione –, sinto muito, ainda mais porque meu marido não telefonou.

– É sempre seu marido quem telefona?

Élisabeth enrubesce.

– Sim... quer dizer, no começo... outra pessoa telefonou, mas eu desliguei.

– Que história – diz Alissa sorrindo.

– Agora já terminou. – Ela se vira para Alissa. – Somos muito diferentes.

– Também sou feliz com meu marido, mas sem dúvida de forma realmente diferente.

– Como?

Olham uma para a outra. Alissa não responde.

– Max Thor é escritor, não é?

Ela nota o sobressalto de Alissa? Não.

– Quer dizer, está em vias de se tornar... mas não, ainda não é... Por que você pergunta?

Élisabeth sorri.

– Não sei... é o que eu teria pensado.

– Ele é professor. Eu era sua aluna.

– Quem é Stein? – pergunta timidamente Élisabeth Alione.

– Não posso falar de Stein – diz Alissa.

– Entendo.

– Não.

Élisabeth começou a tremer.

– Ah, me desculpe – diz Alissa. – Me desculpe.

– Não tem problema. Você é brutal.

– É a ideia de Stein – diz Alissa. – Não era outra coisa além da ideia da existência de Stein.

Os dois vêm. Chegam. Inclinam-se.

– Estamos atrasados.

– Muito pouco.

– Como é essa esplanada? – pergunta Élisabeth Alione.

– Não a encontramos – diz Max Thor.

Eles se sentam. Alissa distribui as cartas.

– Stein começa – diz ela.

Stein joga uma carta.

– Telefonaram para você? – Max Thor pergunta.

– Não. Lamento.

– Falamos do amor – diz Alissa.

Silêncio.

– É a sua vez de jogar, senhor Thor.

– Perdão. Você está bem?

– Estou melhor – diz Élisabeth Alione. – Durmo menos. Quase poderia ir embora. É a vez de Alissa.

– Não gosta deste hotel? – pergunta Max Thor.

– Ah, não é ruim, mas...

Stein fica em silêncio.

– Por que não telefona ao seu marido para que ele venha buscá-la?

– Ele diria que o médico foi categórico: serão três semanas em três dias.

– Esses quatro dias lhe parecem tão longos assim?

Eles não esperam por uma resposta. Estão muito atentos aos seus jogos, principalmente Stein.

– Quer dizer... não... mas vocês também vão embora muito em breve, se entendi bem?

– Em alguns dias – diz Max Thor. – Você não joga?

– Perdão.

– Não conheço Grenoble – diz Stein.

– Vou perder – diz Alissa. – Acho que vou perder.

– O que você costuma fazer no verão?

– Quando minha filha era pequena, íamos para a Bretanha. Agora vamos para o Midi.

Silêncio.

– Eu gostaria de conhecer Anita – diz Alissa.

– Eu também – diz Stein. – É a minha vez de jogar.

– Sim.

Estão pacíficos.

– Ela tem um temperamento ruim – diz Élisabeth Alione –, está atravessando um período difícil, mas é a idade, vai passar. Ela é insolente...

– Ela é insolente? – pergunta Max Thor.

– Sim – ela sorri –, principalmente comigo. Estudou muito pouco no ano passado, mas o pai dela foi enérgico, este ano as coisas estão bem melhores. Acho que é a vez de Max Thor.

– Perdão.

– O que o pai de Anita fez? – Alissa pergunta.

– Ah – ela está confusa –, ele a proibiu de sair por um tempo. Foi tudo.

Silêncio. Eles jogam.

– Você joga cartas bem – diz Max Thor.

– Jogamos às vezes em Grenoble, com amigos.

– Domingo à tarde? – Alissa pergunta.

– Isso, sim – ela sorri –, são hábitos da província.

Silêncio. Jogam com muita atenção. Élisabeth olha para eles, pasma. Joga de modo quase distraído.

– Compre uma carta – ela diz a Stein. – Você tem uma boa jogada.

– Perdão. É a vez de Alissa?

– Não, é a sua. Vocês têm um jeito engraçado de... – ela sorri – não jogam com frequência, não é mesmo?

– Bem... – diz Alissa; distrai-se. – Como é Anita?

A resposta demora um pouco.

– É uma menina muito carinhosa, no fundo, que vai sofrer, eu acho. Mas somos maus juízes de nossos filhos.

Silêncio. Jogam. Élisabeth fica cada vez mais pasma sem dizer nada.

– Toda a sua família está em Grenoble? – pergunta Max Thor.

– Sim, ainda tenho minha mãe. – Ela se dirige a Stein.
– É sua vez, sim. Também tenho uma irmã. Não moramos exatamente em Grenoble, mas nos arredores. Nossa casa fica no Isère... Também é um rio.

– Perto da fábrica? – Alissa pergunta.

– Sim... como você sabe?

– Por acaso.

– Alissa viajou muito – diz Stein. – Você deveria jogar, é sua vez.

– Perdão – diz Max Thor. – Você vai a Paris todos os anos, provavelmente?

– Sim. Quase todos os anos. Em outubro.

Silêncio. Élisabeth dá as cartas com habilidade. Eles a observam fazê-lo.

– Em outubro acontece o Salão do Automóvel, em Paris – diz Stein.

– Sim... mas vamos ao teatro também. Ah... eu sei que... – ninguém reage – não gosto muito de Paris.

Silêncio.

– Este ano todos os nossos planos mudaram – diz Alissa.
– Ainda não sabemos para onde ir. É a vez de Stein.

– Perdão – ele joga –, pronto.
– Estou ganhando – diz Élisabeth Alione. – Eu que sempre perco. Vocês costumam ir para o litoral?
– Não – diz Stein.
– Atravessamos as praias no verão – diz Max Thor –, mas não paramos.
Ela para de jogar. O olhar fica inquieto de repente.
– Mas... vocês se conhecem há muito tempo então?
– Faz quatro dias – diz Alissa. – É monótono ir à praia de manhã e à noite. Você não acha?
– Não entendo – murmura Élisabeth Alione.
Silêncio.
– Você não quer mais jogar, talvez? – pergunta Max Thor.
– Perdão. Vocês viajam para o exterior, sem dúvida.
– Bastante – diz Stein –, não é? – ele se dirige a Alissa.
– Sim. Bastante.
Élisabeth começa a ser conquistada por um riso leve.
– No ano passado – diz ela – fizemos uma viagem à Itália com amigos.
– Um médico?
– Sim... um médico e sua esposa.
– Há muitos médicos entre seus amigos – diz Alissa.
– Sim... muitos... É interessante o que eles dizem.

– Falam com você sobre você – diz Max Thor.

– Quer dizer... sim...

Silêncio.

– Por que você está rindo? – Alissa pergunta.

– Perdão... não sei...

– Ria – diz Stein.

Silêncio. O riso para. Mas permanecem vestígios nos olhos.

– Eu ganhei? – Stein pergunta.

– Sim – diz Max Thor.

O riso recomeça. Eles não riem.

– ... Como...? você não sabe quando...

– Você gostou da Itália?

O riso cessa mais uma vez em aparência.

– ... Sim... mas em julho... que calor... Eu não tolero bem o calor.

– E a culinária?

O riso começa. Só ela ri.

– Ah... sim, sim... perdão... Nós fomos a...

– Ria – diz Stein.

– A?

– ... A Veneza... A Veneza.

O riso contido percorre seu rosto, chega às mãos, que tremem. As cartas caem.

– Estamos vendo o seu jogo – diz Stein.

– A Veneza? – pergunta Max Thor.

– Sim, sim... fomos, perdão... não sei mais... sim, sim... fomos a Veneza.

– Ou a Nápoles? A Veneza ou a Nápoles?

– Ou a Roma?

– Não, não... a Veneza... perdão... voltamos por Roma... sim, sim... Voltamos por Roma... é isso...

– Isso não é possível – diz Stein.

Olham para ela com seriedade. Suas cartas caíram.

– Estou errada, então?

– Completamente.

Esperam. Olham para ela.

O riso começa.

– De quem é a vez? – Stein pergunta.

O riso, mais forte.

– Ah... não vale a pena, não vale a pena jogar...

– Quer dizer – diz Alissa – que Stein não sabe jogar cartas.

– De jeito nenhum, de jeito nenhum... ele não entende nada...

O riso, ainda mais forte.

– Vocês também não...

– Nós também não – diz Max Thor.

Ela ri. É sempre a única a rir.

– Fizemos uma bela partida – diz Stein.

Stein larga suas cartas. Depois Alissa, depois Max Thor largam suas cartas. Élisabeth ri. Eles olham para ela.

– Élisabeth Villeneuve – diz Stein.

O riso diminui. Ela olha para cada um deles por vez. O medo chega aos olhos.

O riso cessa.

Crepúsculo no parque.

– Muito bem – diz Max Thor.

Élisabeth Alione acaba de jogar. Conseguiu fazer a bola passar sob o aro do *croquet*.

– Mas sim – diz ela – ... não entendo como fiz isso.

– Por que você se acha sempre desajeitada?

Ela sorri. Alissa e Stein também. Seguram martelos nas mãos. Estão calados.

– É sua vez de novo – diz Max Thor.

Élisabeth joga com grande aplicação. Erra o aro. Levanta-se. Lê-se uma alegria profunda em seu rosto.

– Vejam – ela diz.

Max Thor se abaixa, pega a bola e a coloca de volta onde estava. Alissa e Stein olham para eles.

– Recomece – diz Max Thor.

Élisabeth Alione fica assustada.

– Isso não é possível – diz ela. – E Alissa?

Alissa está calada ao lado de Stein. Élisabeth não encontra seu olhar.

– Alissa e Stein estão pensando em outra coisa – diz Max Thor. – Olhe para eles.

Élisabeth Alione hesita.

– Não posso – diz ela.

– Trapaceie – ordena Max Thor. – Eu lhe peço.

Élisabeth Alione joga e erra o aro. Uma profunda alegria mais uma vez a invade.

– Eu te dizia – ela diz.

– Fez isso de propósito?

– Não, eu te asseguro...

Ela olha para Alissa e Stein.

– Tente outra vez – Alissa diz com suavidade.

Ela fica confusa. Max Thor pega a bola e a coloca na frente do aro, Élisabeth joga e erra o aro. Élisabeth deixa cair o martelo. E não o pega. Nem Max Thor.

– Meu marido vem me buscar amanhã – diz ela.

Silêncio.

– Perdemos a partida – diz Élisabeth Alione.

Silêncio.

– Mas chegamos a jogar? – pergunta Alissa, por fim.

– Era uma partida que não contava. Eu havia entendido assim.

Alissa se senta, olha para eles.

– O que foi? – pergunta.

– Vou embora amanhã – diz Élisabeth Alione. – Acabo de dizer isso.

Max Thor sentou-se, por sua vez.

– Eu estava errada. Meu marido aceitou de imediato vir me buscar. Para falar a verdade, eu estava me entediando muito menos neste hotel desde que conheci vocês. Fiquei quase desapontada quando ele me disse que viria.

Ela se senta, por sua vez, olha para eles furtivamente.

– Vocês teriam sido gentis comigo... Ele vem amanhã de manhã.

Eles se calam.

– Se vocês quiserem – diz ela –, podemos dar um passeio agora? Podemos ir para a floresta... vocês pareciam muito interessados nisso.

– Por que você telefonou? – Alissa pergunta com gentileza.

A calma regressa ao rosto de Élisabeth Alione.

– Para saber se ele aceitaria, provavelmente... não sei ao certo.

– Falou com ele sobre nós? – pergunta Max Thor.

– Não.

– Então, veja – diz Alissa sorrindo –, você esconde coisas do homem que ama.

Élisabeth Alione tem um leve sobressalto.

– Ah, mas não se trata de esconder as coisas, esconder isso...

– O que você quer dizer?

– Pessoas que a gente conhece em hotéis...

– Onde encontramos os outros? – pergunta Max Thor.

A voz de Max Thor é terna. Ela não entende.

– Já que é provável que ele nunca venha a conhecê-los... eu não tinha motivos para falar com ele sobre vocês...

– Quem sabe? – diz Alissa.

– Não valeria a pena. Acho que vocês não se dariam bem com ele... suponho que não... há diferenças demais...

– O que você lhe disse ao telefone para convencê-lo a vir?

– Eu mesma não entendo. Disse que não estava tomando mais nada para dormir – ela hesita –, falei de vocês sem dizer quem eram. Disse que estava jogando cartas com alguns hóspedes. É tudo. Para ser sincera, não pedi que ele viesse de imediato... entendi que de repente ele sentia falta de mim... enquanto...

Eles se calam. Max Thor tirou os óculos e parece descansar.

– Preciso voltar para o hotel. Tenho que fazer as malas – diz Élisabeth Alione.

Os tenistas regressaram. As bolas assobiam no calor.
- Vou te ajudar - diz Alissa. - Você tem tempo.

Alissa se levanta e, devagar, como se estivesse dançando, afasta-se com um andar constante em direção ao fundo do parque, na companhia de Stein. Eles os observam partir.

- Aonde vão? - pergunta Élisabeth Alione.
- Para a floresta, suponho - diz Max Thor; sorri.
- Não entendo...
- Somos os amantes de Alissa. Não tente entender.

Ela reflete. E começa a tremer.

- Acha que eu nunca conseguiria?
- Não tem importância - diz Max Thor. Ele coloca os óculos de volta e olha para ela.
- O que você tem? - ela pergunta.
- Amo Alissa com um amor desesperado - diz Max Thor.

Silêncio. Ela o olha nos olhos.

- Se eu fizesse um esforço para entender... - diz Élisabeth Alione.
- Eu gostaria de entender você - diz ele. - Te amar.

Ela não responde.

Silêncio.

- Qual era aquele livro que você não lia? - diz Max Thor.

– Tenho que ir buscá-lo, justamente – ela faz uma leve careta –, ah, não gosto de ler.

– Por que fingir, nesse caso? – ele ri. – Ninguém lê.

– Quando a gente está sozinha... para manter as aparências, para... – Ela lhe sorri. – Onde eles estão?

– Não devem estar longe. Alissa não vai te ajudar a fazer as malas, não conte com isso.

– Eu sei.

Seu olhar é atraído para o fundo do parque.

– Seu marido chega esta noite?

– Não, amanhã, ele disse meio-dia. Você acha que eles estão escutando?

– Talvez.

Ela se aproxima dele, um pouco perturbada.

– Aquele livro não é meu, tenho que devolvê-lo. Talvez você queira ficar com ele?

– Não.

Ela se aproxima um pouco mais, os olhos ainda no parque.

– O que será de vocês?

Ela olha para ele.

– Por quê?... ah... como antes...

– Tem certeza?

Ela continua olhando para ele.

— Aí vem Stein de volta — diz Max Thor. — Partimos amanhã de manhã.

— Tenho medo — diz Élisabeth Alione. — Tenho medo de Alissa. Onde ela está?

Olha para ele, aguarda.

— Não temos nada a dizer um ao outro — diz Max Thor. — Nada.

Ela não se move. Ele não diz nada. Ela vai embora. Ele não se vira. Stein chega.

— A mulher que eu buscava aqui há tanto tempo — diz Stein — é Alissa.

Tempo resplandecente. Luz e sol na sala de jantar. Nos espelhos.

— Pode ser que voltemos a nos ver um dia, quem sabe — diz Alissa.

Élisabeth e Alissa estão sentadas na sombra perto das poltronas.

— O lugar onde moramos é longe de tudo. Para ir até lá é preciso que seja deliberado.

— Poderíamos fazer de modo deliberado — diz Alissa.

Ela se aproxima das janelas.

— Eles estão assistindo à partida de tênis — diz — enquanto esperam que desçamos.

Vira-se de novo para Élisabeth Alione e se senta.

– Você nos causou uma impressão profunda.

– Por quê?

Alissa faz um gesto de negação.

– Eu não entenderia, então por mim tanto faz, no fundo você pode não me dizer nada. Há coisas que não entendo.

– Aquele primeiro médico – diz Alissa – falava com você como acabei de fazer?

Élisabeth Alione se levanta e olha para o parque.

– Ele me havia escrito – diz ela. – De repente, ele me escreveu uma carta. É tudo.

– Houve alguma tragédia?

– Ele tentou... Agora foi embora de Grenoble. Disseram que foi por minha causa. Disseram coisas horríveis. Meu marido estava muito triste. Felizmente confia em mim.

Ela voltou para a sombra.

– Foi no meio da minha gravidez. Eu tinha ficado doente. Ele veio. Era um jovem médico, estava em Grenoble havia apenas dois anos. Meu marido estava ausente naquele momento. Ele adquiriu o hábito de vir. E...

Ela se interrompe.

– Disseram que ele matou o bebê?

– Sim, que sem ele minha filhinha... – Ela se interrompe.

– Isso não é verdade. A criança estava morta antes do parto – ela gritou.

Ela aguarda.

– Foi depois do parto que mostrei a carta ao meu marido. Foi quando ele soube que eu tinha mostrado a carta que compreendeu que... que nada aconteceria, e tentou se matar.

– Como ele soube que você tinha mostrado a carta?

– Meu marido foi vê-lo. Ou escreveu para ele, nunca saberei.

Alissa se cala. Élisabeth Alione está inquieta.

– Você acredita em mim?

– Sim.

Élisabeth Alione se ergue, olha para Alissa e a interroga com o olhar.

– Sou alguém que tem medo de tudo, sabe... Meu marido é muito diferente de mim. Sem meu marido estou perdida...

Ela se aproxima de Alissa.

– O que você tem contra mim?

– Nada – diz Alissa com suavidade –, penso nessa história. Foi porque mostrou aquela carta ao seu marido que você adoeceu. Está doente por causa do que fez.

Ela se ergue.

– O que há? – pergunta Élisabeth Alione.

– Nojo – diz Alissa. – Nojo.

Élisabeth grita.

– Você quer me deixar desesperada?

Alissa sorri para ela.

– Sim. Não fale mais.

– Não, não vamos mais falar.

– É tarde demais – diz Alissa.

– Para?...

– Te matar – ela sorri –, é tarde demais.

Silêncio.

Alissa se aproxima de Élisabeth Alione.

– Você estava gostando da nossa companhia, não é?

Élisabeth deixa que ela se aproxime sem responder.

– Foi por isso que você telefonou ao seu marido e lhe disse que viesse?

– Amo meu marido, eu acho.

Alissa sorri.

– É fascinante te ver viver – diz ela. – E terrível.

– Entendi – diz Élisabeth Alione com suavidade – que você se interessava por mim devido a... só isso. E talvez você estivesse certa.

– Devido a quê?

Élisabeth faz um gesto, não sabe. Alissa segura Élisabeth Alione pelos ombros.

Élisabeth se vira. Encontram-se ambas capturadas por um espelho.

– Quem te faz pensar naquele homem? – Alissa pergunta, no espelho –, naquele jovem médico?

– Stein, talvez.

– Olhe – diz Alissa.

Silêncio. Suas cabeças se aproximaram.

– Somos parecidas – diz Alissa: – amaríamos Stein se fosse possível amar.

– Eu não disse... – Élisabeth protesta com suavidade.

– Você queria dizer Max Thor – diz Alissa. – E disse Stein. Você não sabe nem mesmo falar.

– É verdade.

Elas se olham no espelho, sorriem uma para a outra.

– Como você é bonita – diz Élisabeth.

– Somos mulheres – diz Alissa. – Olhe.

Continuam se olhando. Então Élisabeth encosta a cabeça na de Alissa. A mão de Alissa está sobre a pele de Élisabeth Alione, no ombro.

– Acho que somos parecidas – sussurra Alissa...
– Você não acha? Temos a mesma altura.

Sorriem.

– É verdade, sim.

Alissa faz deslizar a manga de Élisabeth Alione. Seu ombro está nu.

– ... a mesma pele – continua Alissa –, a mesma cor de pele...

— Talvez...

— Olhe... o formato da boca... o cabelo.

— Por que você cortou? Eu me arrependi...

— Para me parecer ainda mais com você.

— Um cabelo tão lindo... Ainda não te falei sobre isso, mas...

— Por quê?

Ela nunca diria, sabe que está dizendo?

— Eu sabia que era para mim que você tinha cortado.

Alissa pega o cabelo de Élisabeth Alione nas mãos, coloca o rosto na direção que deseja. De encontro ao seu.

— Somos tão parecidas... — diz Alissa. — Como é estranho...

— Você é mais nova do que eu... mais inteligente também...

— Não neste momento — diz Alissa.

Alissa olha para o corpo vestido de Élisabeth Alione no espelho.

— Eu te amo e te desejo — diz Alissa.

Élisabeth Alione não se move. Fecha os olhos.

— Você é louca — murmura.

— Que pena — diz Alissa.

Élisabeth Alione se afasta de repente. Alissa se aproxima das janelas.

Silêncio.

– Seu marido acaba de chegar – diz. – Está procurando por você no parque. Sua filha não está aqui.

Élisabeth Alione não se move.

– E os outros? Onde estão? – pergunta.

– Olham para ele. Reconhecem-no. – Ela se vira. – Do que você tem medo?

– Não tenho medo.

Alissa olha de novo para o parque. Élisabeth permanece imóvel.

– Eles deixam o parque para não vê-lo – diz Alissa. – O nojo, sem dúvida. Pronto, voltaram. Certamente virão. A menos que decidam ir para a estrada.

Élisabeth não responde.

– Nós nos conhecemos quando éramos crianças – diz. – Nossas famílias eram amigas.

Alissa repete baixinho:

– "Nós nos conhecemos quando éramos crianças. Nossas famílias eram amigas."

Silêncio.

– Se você o amasse, se você o tivesse amado uma vez, uma vez que fosse, na vida, teria amado os outros – diz Alissa –, Stein e Max Thor.

– Não entendo... – diz Élisabeth –, mas...

– Isso vai acontecer em outros momentos – diz Alissa –, mais tarde. Mas não serão nem você nem eles. Não preste atenção ao que eu digo.

– Stein diz que você é louca – diz Élisabeth.

– Stein diz tudo.

Alissa ri. Entra na sala, aproxima-se.

– A única coisa que terá acontecido com você... – diz.

– É você – diz Élisabeth. – Você, Alissa.

– Você está errada de novo. Mas podemos descer – diz Alissa.

Élisabeth não se move.

– Vamos almoçar juntos. Você sabia?

– Quem decidiu?

– Foi Stein – diz Alissa.

Stein entra.

– Seu marido está te esperando – diz para Élisabeth Alione – perto das quadras de tênis. Temos um encontro marcado em 10 minutos.

– Mas não entendo – diz ela.

– Agora é irrevogável – diz Stein, sorrindo. – Seu marido aceitou.

Ela sai. Stein toma Alissa nos braços.

– Amor, meu amor – ele diz.

– Stein – diz Alissa.

– Ontem à noite pronunciei seu nome.

– Durante o sono.

– Sim. Alissa. Seu nome me acordou. Foi no parque. Olhei. Vocês tinham adormecido. Havia uma grande bagunça no quarto. Você estava dormindo no chão. Ele se juntou a você e adormeceu ao seu lado. Vocês se esqueceram de apagar a luz.

– Foi?

– Foi.

Chega Max Thor.

– Já não sabemos onde nos meter – diz – com aquele homem no parque.

Alissa, diante de Max Thor, olha para ele.

– Esta noite – diz ela –, enquanto você estava dormindo, pronunciou o nome dela. Élisa.

– Não me lembro – diz Max Thor. – Não me lembro.

Alissa vai na direção de Stein.

– Diga a ele, Stein.

– Você disse o nome dela – diz Stein. – ÉLISA.

– Como?

– Com ternura e desejo – diz Stein. – Élisa.

Silêncio.

– Eu disse Alissa e você não entendeu?

– Não. Lembre-se do seu sonho.

Silêncio.

– Acho que foi no parque – diz Max Thor lentamente.

– Ela devia estar dormindo. Fiquei diante dela, olhando-a. Sim... é isso...

Ele se cala.

– Ela te disse: "Ah, é você..."?

– "Eu não estava dormindo"? "Eu estava fingindo que dormia..."? "Você percebeu?"?

– "Há dias que finjo dormir"? "Há dias que durmo"? "Há dez dias"?

– Talvez – diz Max Thor. Ele pronuncia a palavra.

– Élisa.

– Sim. Você chamaria por ela pronunciando seu nome.

Silêncio.

– Eu respondi – diz Alissa. – Mas você dormia profundamente, não ouviu.

Max Thor vai na direção das janelas. Eles se juntam a ele.

– O que é possível? – Stein pergunta.

– O desejo – diz Max Thor. – Neste caso, o desejo.

Alissa retorna para junto de Stein.

– Às vezes – diz ela – ele não entende...

– Não importa – diz Stein.

– Sim – diz Max Thor. – Agora não importa.

Silêncio. Pelas janelas, eles olham hóspedes invisíveis. E, entre eles, Élisabeth Alione e o marido.

Silêncio.

— Como viver? — Alissa dá um grito suave.

Faz um sol resplandecente.

— A menininha não veio? — pergunta Max Thor.

— Ela pediu que ele não a trouxesse hoje.

— Que bom — diz Stein. — Vejam que ela...

— Aqui estão eles — diz Max Thor.

Contornam as quadras de tênis. Chegam à porta de entrada.

— Como viver? — pergunta Alissa num suspiro.

— O que vamos nos tornar? — pergunta Stein.

Os Alione entraram na sala de jantar.

— Como ela treme — diz Max Thor.

Avançam uns na direção dos outros.

Estão agora à distância de se cumprimentarem.

— Bernard Alione — diz Élisabeth num sussurro.

— Alissa.

— Stein.

— Max Thor.

Bernard Alione olha para Alissa. Silêncio no ar.

— Ah, é você?... — ele pergunta. — Alissa é você? Ela me falava de você agora há pouco.

— O que ela disse? — pergunta Stein.

— Ah, nada... — diz Bernard Alione, rindo.

Dirigem-se a uma mesa.

Tempo resplandecente. As persianas foram baixadas. Domingo.

Eles almoçam.

– Estaremos em Grenoble por volta das 5 horas – diz Bernard Alione.

– O tempo está magnífico – diz Alissa –, é uma pena ir embora hoje.

– Tudo precisa ter um fim... Fico feliz em conhecê-los... Graças a vocês, Élisabeth se entediou menos aqui... bem, nesses últimos dias...

– Ela não se entediava, mesmo antes de nos conhecer.

– Um pouco, à noite – diz Élisabeth Alione.

Silêncio. Élisabeth de preto, na sombra azul das persianas, de costas para as janelas, tem o olhar fixo do sono.

– Ela estava dormindo – diz Alissa.

Bernard Alione sorri, toma impulso.

– Élisabeth é uma mulher que não podia ficar sozinha... de jeito nenhum... quando eu me ausentava... e tenho que fazê-lo por causa do meu trabalho... a cada vez era um pequeno drama... – sorri para ela –, não é, Élisa?

– Élisa – murmura Max Thor.

– Estou ficando louca – diz Élisabeth Alione com suavidade.

– E ela fica com frequência? – Alissa pergunta –, sozinha?

– Você quer dizer: sem o marido? Sim, bastante, ainda... Mas nesse caso a família vem. – Ele sorri para Alissa. – Veja, não devemos nos desesperar por nada.

Eles não entendem.

– Foi ela – diz Bernard Alione – quem decidiu vir para cá. Ela sozinha. De repente. – Ele quase ri. – Ela entendeu que precisava fazer esse esforço.

Olham para essa mulher adormecida à mesa, com os olhos bem abertos. Ela faz um movimento infantil com a cabeça, pedindo silêncio sobre sua vida.

– Eu estava cansada – diz.

A voz está distante, exausta. Ela parou de comer. Max Thor também.

– Você ficou entediada aqui? – pergunta Max Thor.

Ela hesita.

– Não – diz ela –, não – reflete –, eu não teria ficado entediada aqui.

– Quando o tédio assume certa forma... – diz Stein. – Ele cessa.

– É? – pergunta Bernard Alione –, você ia dizer algo interessante. Que forma... no... no caso?

– A de um horário, por exemplo, ele não é percebido – diz Stein. – Se não for percebido, se não for nomeado, pode tomar caminhos inesperados.

– Não é de todo sem sentido o que você está dizendo – diz Bernard Alione.

– Não – diz Stein.

Bernard Alione para de comer.

– Que caminhos... por exemplo? – pergunta Bernard Alione.

Stein olha para Élisabeth Alione e reflete. Depois se esquece.

– É completamente imprevisível – diz.

Stein e Élisabeth Alione se entreolham em silêncio.

– Completamente – murmura Stein. – O que vocês vão se tornar?

– Como?... – pergunta Bernard Alione.

Ele para de comer, por sua vez.

– Não preste atenção – diz Alissa – ao que diz Stein.

Silêncio. Bernard Alione olha para eles.

– Quem são vocês? – ele pergunta.

– Judeus alemães – diz Alissa.

– Não é isso que... eu..., a pergunta não foi essa...

– Mas deveria ser essa – diz Max Thor com suavidade.

Silêncio.

– Élisabeth não come – diz Bernard Alione.

– Náusea, talvez? – pergunta Alissa.

Élisabeth não se move. Baixou os olhos.

– O que está acontecendo? – pergunta Bernard Alione.

– Estamos todos nesse estado – explica Stein –, nós quatro.

Silêncio.

Élisabeth se levanta e sai. Eles olham para ela através da janela. Ela atravessa o parque com passos vagarosos e desaparece no caminho que leva ao portão da floresta.

– Ela foi vomitar – diz Alissa.

Silêncio. Bernard Alione voltou a comer, percebe que é o único a fazê-lo.

– Sou o único que está comendo…

– Continue – diz Max Thor. – Não importa…

Bernard Alione para de comer. Olham para ele. Os três têm o mesmo ar pacífico.

– Em breve partiremos para o mar e Élisabeth vai se recuperar por completo. Achei que ia encontrá-la em melhor forma. Ainda precisa descansar.

Ficam calados. Olham para ele calados.

– Ela com certeza lhes falou a respeito disso… um acidente estúpido…

Nenhum sinal por parte de ninguém.

– No fundo, era mais moral do que qualquer outra coisa, no caso de Élisabeth… Uma mulher sente essas coisas como fracasso. Nós, homens, não conseguimos entender bem…

Ele se mexe na cadeira, levanta-se, olha ao redor.

– Bem... muito bem, está na hora de ir embora... Vou buscá-la... é o tempo de mandar descerem as malas...

Ele olha em direção ao parque.

– ... de pagar o hotel...

Silêncio.

– Para onde vocês vão de férias? – Alissa pergunta.

Ele se tranquiliza.

– Para Leucate. Talvez você não conheça? Estou interessado no desenvolvimento do Languedoc – sorri –, não sou como a minha mulher, não consigo ficar parado nas férias...

Sorri. Alissa virou-se para Stein.

– Leucate – diz Alissa.

– Sim – diz Stein, e repete em voz baixa –, Leucate.

Silêncio. Bernard Alione talvez não tenha ouvido. Ele sorri. Voltou a se sentar.

– Vocês a viram mais do que eu ultimamente – diz –, o que é que...?

– Medo – diz Stein.

A gentileza de seus olhares confunde Bernard Alione.

– Vai ser terrível – diz Stein num suave murmúrio –, vai ser assustador – ele olha para Bernard Alione –, e ela já sabe um pouco disso.

– De quem você está falando?

– De Élisabeth Alione.

Bernard Alione se levanta. Ninguém o detém. Ele volta a se sentar. Dá uma breve risada.

– Não tinha entendido... vocês estão doentes – diz.
– É isso...

Silêncio. Ele agora está um pouco fora da mesa. Olha para Alissa. Seus olhos são de um azul profundo. Seu olhar é feliz e suave.

– Aquela crise – pergunta Alissa –, aquele médico.
– Sim – diz Stein –, aquela morte do médico.
– Ele não morreu – grita Bernard Alione.
Silêncio.
– Não entendo... – diz Bernard Alione – ela falou com vocês sobre... aquele acidente?
– Que morte ele havia escolhido? – pergunta Max Thor.

Silêncio. Num doloroso rangido, as persianas azuis sobem. O tempo ficou mesmo encoberto.

– Ele não morreu – diz com suavidade Bernard Alione –, não venham com ideias a esse respeito... Para ela, Élisa, foi a morte da menininha, o resto... não, não... imaginem só.

De repente, com a compreensão, a voz empalidece.

– Ela te falou de nós? – pergunta Max Thor.
– Ainda não.
– Não nos separamos há quatro dias.

Bernard Alione não responde. Levanta-se de modo abrupto. Vai em direção à janela e chama, com um longo grito.

– Élisabeth.

Não há resposta. Ele se vira. Eles olham para ele.

– De nada adianta chamar – diz Stein.

– Não preste atenção ao que diz Stein – diz Alissa.

– Ela está voltando.

Bernard Alione senta-se novamente. Vira-se para a sala de jantar. Está vazia.

– Saíram todos numa excursão – explica Max Thor. Sorri para Bernard Alione. – Ela te falou de nós?

Bernard Alione começa a falar depressa.

– Não, mas fará isso mais tarde... tenho certeza... vocês notaram, ela é muito reservada... sem motivo... até comigo, seu marido.

– Quando ela foi embora – pergunta Alissa –, quando pediu para vir se hospedar neste hotel, não te disse por quê?

– No que você está se envolvendo? – grita Bernard Alione sem vigor.

– O que ela te disse? – pergunta Stein.

Alissa se volta para Stein.

– Deve ter dito a ele que precisava ficar sozinha, sozinha por um tempo. O tempo de esquecer aquele médico.

– É isso – diz Stein –, sim, deve ser isso...

– Agora ela o esqueceu – diz Max Thor.

Silêncio. Alissa pegou a mão de Stein e a beija em silêncio. Max Thor olha na direção do parque. Bernard Alione não se mexe mais.

– Aí vem ela – diz Max Thor.

No tempo nublado, ela de fato se aproxima. Vem muito devagar. Para. Depois volta a caminhar. Bernard Alione não olha enquanto ela se aproxima.

– Onde você a encontrou? – pergunta Max Thor.

– Eles se conheciam desde a infância – recita Alissa.
– Suas famílias eram amigas.

Silêncio. Os outros ainda a olham chegar. Ela parou, virou-se para as quadras de tênis. Tem grama entre os dedos e está brincando.

– Vocês definitivamente estão muito interessados nela – diz Bernard Alione.

– Sim.

– Pode-se saber por quê? – a voz recuperou força.

– Por razões literárias – diz Stein. E ri.

Stein ri. Alissa o observa rir, deslumbrada.

– Minha esposa é personagem de romance? – diz Bernard Alione.

Ele ri, zombeteiro. Sua voz ainda é inexpressiva, apesar do esforço.

– Admirável – responde Max Thor.

– É você...? – pergunta Bernard Alione.

Indica Max Thor.

– É o senhor... Thor quem escreve? – pergunta Bernard Alione de modo claro.

– Não – diz Max Thor.

– Não vejo o que poderia contar sobre ela... É verdade que agora não se conta mais nada nos romances... É por isso que leio tão poucos... que...

Ele olha para eles. Ficaram sérios. Não o escutam. Élisabeth atravessa a sala de jantar.

Senta-se. Seus olhos permaneceram bem abertos durante o sono.

Silêncio.

– Você vomitou? – Alissa pergunta.

Élisabeth tem grande dificuldade para formar as palavras.

– Sim.

– Como foi?

Élisabeth reflete. Sorri.

– Agradável – diz.

– Que bom – diz Stein –, que bom.

Silêncio. Bernard Alione olha para a esposa. Ela colocou a grama na mesa e olha para ela.

– Estava preocupado – diz ele. – Não são os remédios, a longo prazo?

– Não estou mais tomando.

– Ela não está mais tomando não – diz Max Thor. Dirige-se a Élisabeth Alione. – Você tinha adormecido?

– Não.

Silêncio. Élisabeth levanta a cabeça e seu olhar mergulha no olhar azul de Alissa.

– Você viu os olhos? – ela pergunta.

– Sim.

Silêncio.

– O que sua fábrica produz? – pergunta Stein.

Bernard Alione tira os olhos de Alissa, olha ao redor, para esses quatro rostos que esperam por sua resposta. Começa a tremer.

– Comida enlatada – diz com dificuldade.

Silêncio.

– Vai recomeçar, estou com vontade de vomitar – diz Élisabeth Alione.

– Que bom – diz Stein –, que bom.

– Temos que ir embora – murmura Bernard Alione; não se mexe.

– Sabe – diz Alissa com uma gentileza incomparável –, sabe, nós também poderíamos te amar.

– Amar de verdade – diz Stein.

– Sim – diz Max Thor. – Poderíamos.

Silêncio. Élisabeth se mexeu. Olha para o marido, que está parado com a cabeça baixa. Ela começou a tremer.

– Temos que ir embora – avisa, gentilmente.

Ele não se mexe.

– Você está doente – diz. – Podemos ficar.

– Não.

– Essas náuseas...

– Isso é só o começo – diz Max Thor.

– Temos que ir embora – diz Élisabeth Alione.

Alissa e Stein se aproximaram, distraídos.

– Ela disse – diz Stein.

– Sim, é preciso ir embora.

Silêncio. Alissa não se move. Agora é o olhar de Élisabeth Alione que tenta se agarrar às paredes lisas dos seus rostos. Não consegue.

– Não tenha raiva dela – diz Max Thor a Bernard Alione –, não tenha raiva dela, porque nós somos o que somos.

– Ele não vai ter raiva de mim – diz ela. – Sabe que não há como serem de outra forma – volta-se para Bernard Alione –, não é?

Nenhuma resposta. A cabeça baixa, ele espera.

– E você? – ele pergunta –, o que você ensina?

– História – diz Max Thor. – Do futuro.

Silêncio. Bernard Alione encara Max Thor, imóvel.

A voz de Bernard Alione se tornou irreconhecível.

– É uma grande mudança? – pronuncia Bernard Alione.

– Não há mais nada – diz Max Thor. – Então eu me calo. Meus alunos dormem.

Silêncio. De repente, ouvem-se os soluços suaves de Élisabeth Alione.

– Ainda há crianças? – ela pergunta.

– É só o que há – diz Max Thor.

Ela sorri em meio às lágrimas. Ele pega sua mão.

– Ah – ela geme –, que felicidade.

Bernard Alione continua a fazer perguntas, imóvel. Dirige-se a Stein.

– E você, Blum? o que você ensina? – ele pergunta.

– Nada – diz Max Thor. – Ele, nada. E ela também não.

Silêncio.

– Às vezes – diz Alissa –, Blum ensina a teoria de Rosenfeld.

Bernard Alione reflete.

– Não conheço – diz.

– Arthur Rosenfeld – diz Stein. – Já morreu.

– Era uma criança – diz Max Thor.

– De que idade? – pergunta Élisabeth num lamento.

– Oito anos – diz Stein. – Alissa o conheceu.

– À beira-mar – diz Alissa.

Silêncio. Stein e Alissa estão de mãos dadas. Max Thor aponta para eles.

– Eles – diz –, olhem para eles, já são crianças.

– Tudo é possível – diz Bernard Alione.

Alissa e Stein não escutam, aparentemente vítimas de uma ideia em comum.

Élisabeth também os assinala, maravilhada.

– Ela se chama Alissa – diz. – Esses dois são seus amantes.

Silêncio.

– Ela foi embora do hotel – diz Stein.

– Élisabeth Alione nos deixou – diz Alissa.

Max Thor se aproxima deles. Passa a ignorar as outras presenças.

– Você teria gostado de voltar a vê-la? – pergunta Alissa.

– Ela disse por que foi embora mais cedo? Aquele telefonema? Ela o explicou?

– Não, não vamos ficar sabendo.

Élisabeth Alione voltou a dormir. Alissa se solta das mãos de Stein, ergue a cabeça na direção de Bernard Alione.

– Ela percebeu algo do nosso interesse por ela, entende – diz Alissa. – Não aguentou.

Ele não responde. Alissa se levanta. Anda pela sala de jantar. Stein a segue com os olhos, apenas Stein. Ela chega perto das janelas.

– As quadras de tênis estão desertas – diz. – O parque também. Parecia impossível que ela não tivesse adivinhado nada.

Imobiliza-se.

– Houve o início de... uma espécie de estremecimento... não... um estalo... de...

– Do corpo – diz Stein.

– Sim.

Élisabeth Alione ergueu a cabeça.

– Temos que ir embora – diz.

Então Alissa vai até Bernard Alione.

– Você não está com pressa – diz ela.

Está parada diante dele, mas olha através das janelas para a floresta.

– O que poderia apressá-lo?

– Nada – diz Bernard Alione. – Nada.

Ela olha para ele.

– Não nos separemos – diz ela.

Élisabeth se levanta de repente, sem uma palavra.

– Venha até a floresta – diz Alissa, dirigindo-se somente a ele – conosco. Não nos separemos mais.

– Não – grita Élisabeth Alione.

– Por quê? – pergunta Bernard Alione. – Por que a floresta?

Silêncio.

– Comigo – Alissa implora.

– Por que a floresta?

Ele ergue a cabeça, encontra os olhos azuis, cala-se.

– Ela está classificada como monumento histórico – diz Stein.

– Um passeio breve – diz ela –, o suficiente para vê-la.

– Não.

– Alissa – chama Stein.

Ela volta a ocupar seu lugar ao lado de Stein.

– Você está enganada – diz Stein.

Alissa se aconchegou mais perto de Stein. Lamenta-se como se estivesse cantando.

– É difícil, difícil – diz Alissa.

– Você está enganada – repete Stein.

Élisabeth Alione anda em direção ao marido. Max Thor se levantou a fim de ir em sua direção; para.

– Agora temos que ir embora – diz ela.

– Sim – diz Max Thor. – Vão embora.

Bernard Alione se levanta com dificuldade. Está de pé. Aponta para Alissa e Stein. Stein segura o rosto de Alissa nas mãos.

– Alissa está chorando? – ele pergunta.

– Não – diz Stein.

Com as mãos, Stein vira a cabeça morta de Alissa na direção do seu rosto e olha para ela.

– Está descansando – diz ele.

Bernard Alione titubeia ligeiramente.

– Eu bebi – diz ele –, sem me dar conta.

– Que bom – diz Stein –, que bom.

Max Thor dá um passo em direção a Élisabeth Alione.

– Aonde você vai?

– Vamos voltar.

– Para onde? – Alissa pergunta, sem se mexer.

– Para cá? – Stein pergunta.

Bernard Alione faz que não. Alissa ergueu a cabeça e sorri para ele. Os outros dois sorriem com ela.

– Ela também poderia ter te amado, a você também – diz ela –, se fosse capaz de amar.

Silêncio.

– Tudo pode acontecer – diz Bernard Alione, com um sorriso.

– Sim.

Silêncio.

Alissa se solta das mãos de Stein.

– Como você vive com ela? – grita Alissa.

Bernard Alione não responde mais.

– Ele não vive com ela – diz Stein.

– Teríamos sido só nós, então?
– Sim.

Max Thor se aproxima de Élisabeth Alione.

– Fazia dez dias que você me olhava – diz ele. – Havia algo em mim que te fascinava e perturbava... um interesse... cuja natureza você não conseguia compreender.

É como se Bernard Alione não ouvisse mais nada.

– É verdade – pronuncia por fim Élisabeth Alione.

Silêncio. Eles olham para ela, mas ela pede outra vez silêncio acerca de sua vida.

– Podemos ficar neste hotel – diz Bernard Alione.
– Um dia.
– Não.
– Como você quiser.

É ela quem sai primeiro. Só o que faz Bernard Alione é segui-la. Max Thor ainda está de pé. Alissa e Stein, agora separados, olham para eles.

Ouve-se:

– As malas foram trazidas.
– A conta, por favor. Posso pagar com cheque?

Silêncio.

– Estão atravessando o parque – diz Stein.

Silêncio.

– Passam pelas quadras de tênis.

Silêncio.

– Ela foi a primeira a desaparecer.

Crepúsculo. O sol se põe no lago cinza.
Crepúsculo no hotel.
Stein está deitado na poltrona. Alissa está deitada sobre Stein. A cabeça apoiada em seu peito.
Durante muito tempo, eles dormem.

Max Thor retorna.

– Pedi que nos acordassem por volta das 6 horas – diz ele.

– É a nacional 113 – diz Stein sem se mexer –, devemos deixá-la em Narbonne.

– É isso.

Max Thor se recosta na outra poltrona. Faz um sinal na direção de Alissa.

– Ela está descansando – diz Stein.

– Sim. Meu amor.

– Sim.

Max Thor oferece um cigarro a Stein. Stein aceita. Eles conversam em voz baixa.

– Talvez devêssemos ter deixado aquilo como estava – diz Max Thor –, Élisabeth Alione?

– Não teria feito diferença.

Silêncio.

– O que teria sido possível?

Stein não responde.

– O desejo? – pergunta Max Thor –, o desgaste através do desejo?

– Sim, através do seu desejo.

Silêncio.

– Ou a morte através de Alissa – diz Stein.

Silêncio.

Stein sorri.

– Não temos mais escolha – diz ele.

Silêncio.

– Será que ela teria ido até a floresta com Alissa? – pergunta Max Thor. – O que você acha?

Stein acaricia as pernas de Alissa. Aperta-a contra si.

– Ela é de quem a quer. Vivencia o que o outro vivencia. Sim.

Silêncio.

– Teriam sido necessários mais alguns dias – diz Stein – para que ela se submetesse ao desejo de Alissa.

– Esse desejo era forte.

– Sim.

Silêncio.

– Não era claro.

– Não. Alissa o teria descoberto na floresta.

Silêncio.

– A praia é muito pequena – diz Stein. – Será fácil encontrá-los à noite, ou nas ruas ou nos cafés. Ela vai ficar feliz em nos ver.

Silêncio.

– Vamos dizer que paramos em Leucate a caminho da Espanha. Que gostamos do lugar. Que decidimos ficar por lá.

– Que decidimos ficar por lá, sim.

– Fica no caminho da nossa viagem.

– Sim.

Silêncio.

– Vamos descansar – diz Stein.

Silêncio.

– Eu vejo tudo – diz Max Thor. – O lugar. Os cafés. É muito fácil.

– Sim, muito. Ela é suave, alegre.

– Vamos descansar, Stein.

– Sim – ele indica Alissa –, ela está descansando.

Silêncio.

– Ela dorme bem – diz Stein.

Max Thor olha para Alissa adormecida.

– Sim, é o nosso sono.

– Sim.

Silêncio.

– Você não ouviu alguma coisa?
– Sim. Um estalido do ar?
– Sim.
Silêncio. Alissa geme, se move e então se imobiliza.
– Ela está sonhando – diz Stein.
– Ou será que também ouviu?
Silêncio.
– Alguém bate num objeto de cobre? – pergunta Max Thor.
– Mais parece...
Silêncio.
– Ou ela sonhou? Sobre os seus sonhos ela não tem poder de decisão?
– Não.
Silêncio. Eles sorriem um para o outro.
– Ela disse alguma coisa?
Stein olha Alissa bem de perto, escuta seu corpo.
– Não. Sua boca está entreaberta, mas ela não pronuncia nada.
Silêncio.
– O céu é um lago cinza – diz Max Thor –, olhe.
Silêncio.
– Quantos anos tem Alissa? – Stein pergunta.
– Dezoito anos.
– E quando você a conheceu?

– Dezoito anos.

Silêncio.

– Está recomeçando – diz Max Thor. – Um barulho abafado desta vez.

– Bateram numa árvore.

– O chão tremeu, sim.

Silêncio.

– Vamos descansar, Stein.

– Sim.

Silêncio.

– Alissa não está morta?

– Não. Está respirando.

Sorriem um para o outro.

– Vamos descansar.

Stein ainda abraça Alissa. Max Thor inclina a cabeça para trás na poltrona. Passa-se um longo período de descanso. O lago cinzento do crepúsculo escurece.

É só quando a escuridão está quase completa que chega com clareza. Com uma força incalculável, numa gentileza sublime, ela introduz-se no hotel.

Eles não se mexem, riem.

– Ah – diz Stein –, era isso...

– Ah...

Alissa não se move. Nem Stein. Nem Max Thor.

Com uma dor infinita, a música para, recomeça, para de novo, volta, recomeça. Para.

– Vem da floresta? – pergunta Max Thor.

– Ou das garagens. Ou da estrada.

A música recomeça, bem alto. Então para.

– Está longe – diz Stein.

– Uma criança que girou um botão de rádio?

– Sem dúvida.

Silêncio. Eles não se movem.

Então a música recomeça outra vez, mais alto. Dura mais tempo. Mas para de novo.

– Vem mesmo da floresta – diz Stein. – Que dor. Que dor enorme. Como é difícil.

– Ela deve atravessar, atravessar.

– Sim. Tudo.

A música recomeça. Desta vez numa amplitude soberana.

Para de novo.

– Ela vai conseguir, vai atravessar a floresta – diz Stein –, está vindo.

Falam entre a música e a música, com voz suave para não acordar Alissa.

– Ela precisa quebrar as árvores, derrubar as paredes – murmura Stein. – Mas aqui está.

– Não há mais nada a temer – diz Max Thor –, aqui está ela de fato.

Aqui está ela de fato, quebrando as árvores, derrubando as paredes.

Eles se inclinaram sobre Alissa.

No sono, Alissa estica a boca infantil num riso absoluto.

Eles riem ao vê-la rir.

– É a música do nome de Stein – diz ela.

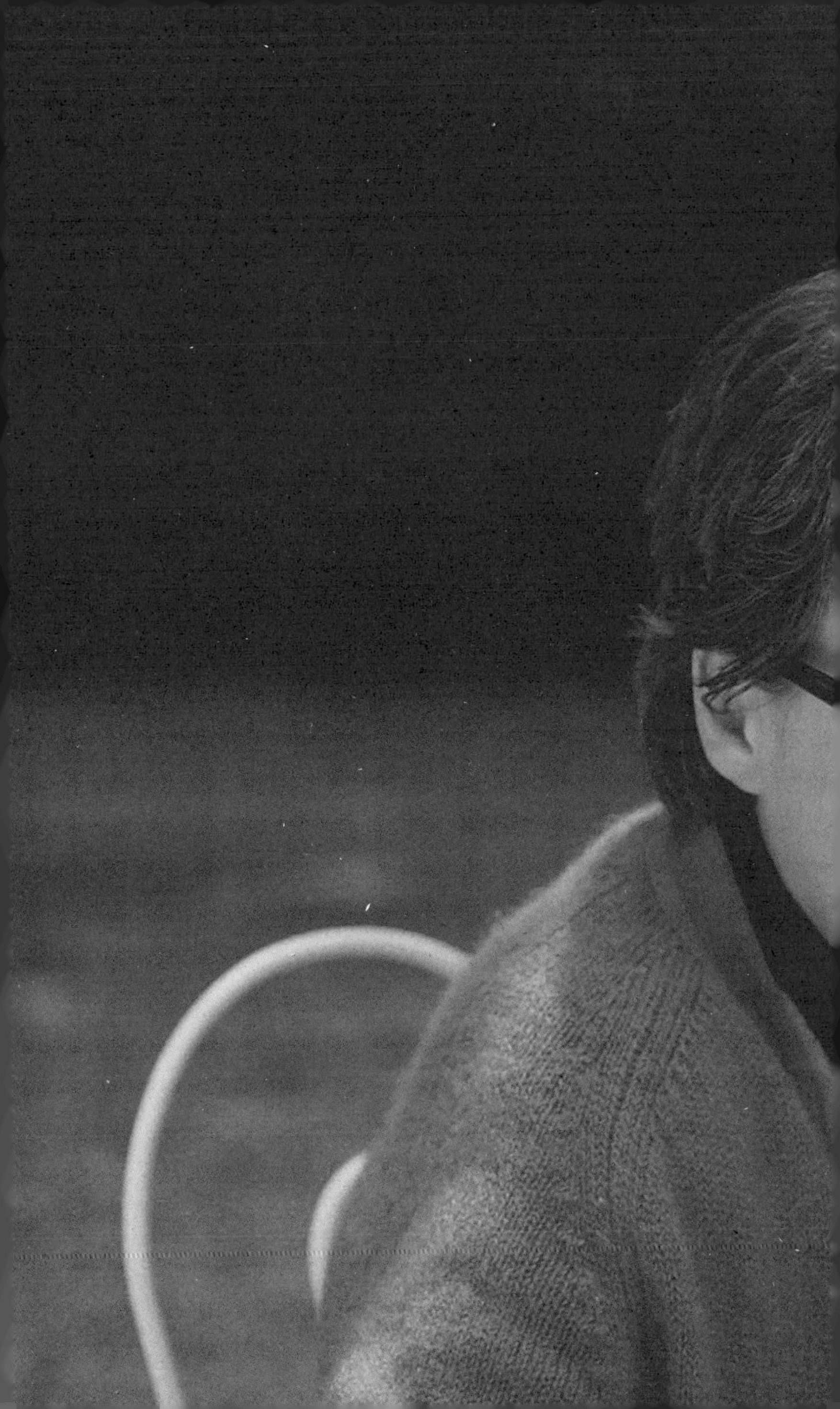

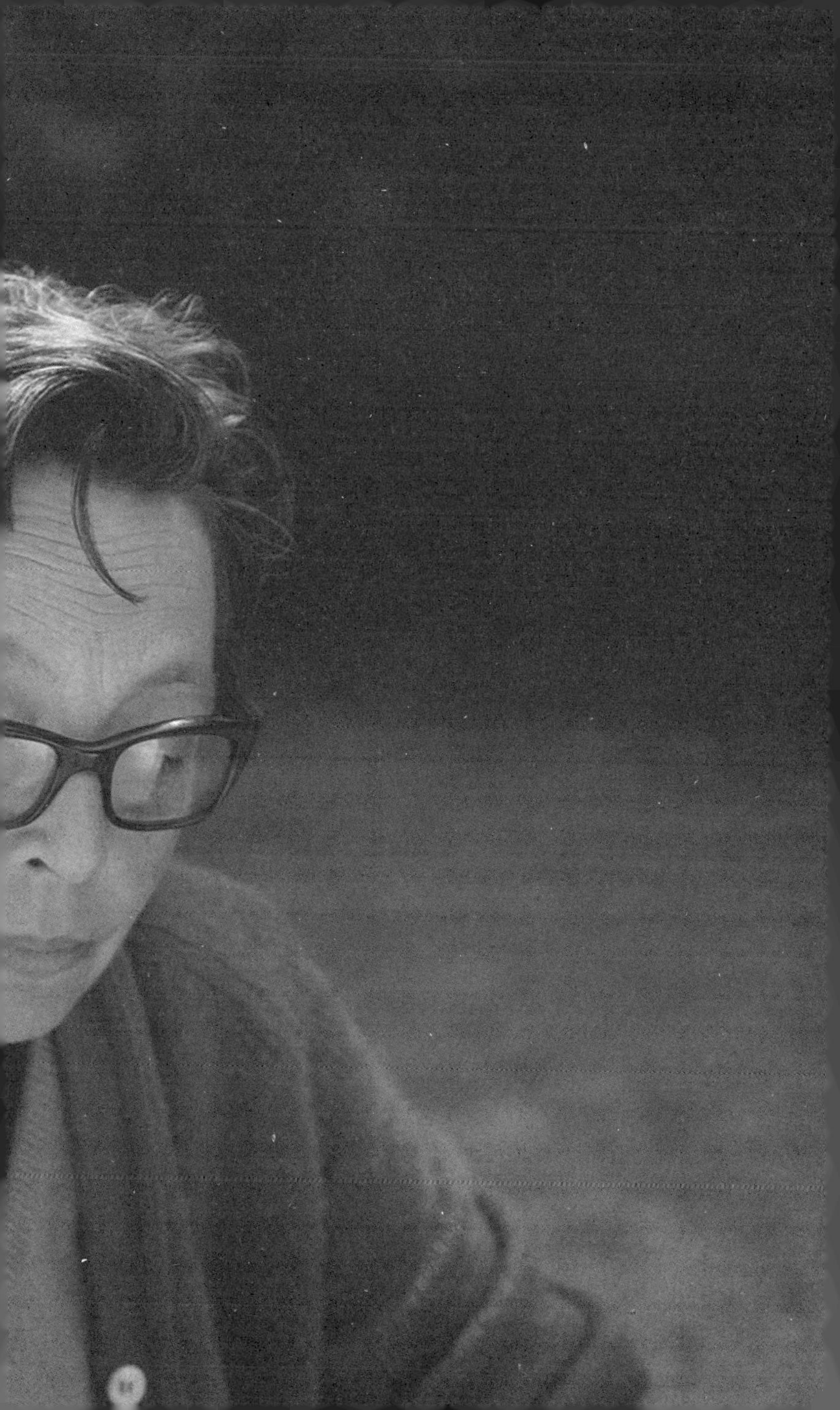

# SOBRE A AUTORA●

Marguerite Duras, uma das escritoras mais consagradas do mundo francófono, nasceu em 1914 na Indochina — então colônia francesa, hoje Vietnã —, onde seus pais foram tentar a vida como instrutores escolares. A vida na antiga colônia, onde ela passou a infância e a adolescência, marcou profundamente sua memória e influenciou sua obra. Em 1932, aos 18 anos, mudou-se para Paris, onde fez seus estudos em Direito. Em 1943, publicou seu primeiro romance, *Les impudents*, iniciando então uma carreira polivalente, publicando romances, peças de teatro, crônicas no jornal *Libération*, roteiros, e realizando seu próprio cinema. Dentre suas mais de 50 obras estão os consagrados *Uma barragem contra o Pacífico, Moderato cantabile, O arrebatamento de Lol V. Stein* e *O amante* (seu best-seller, que lhe rendeu o Prêmio Goncourt de 1984 e foi traduzido para dezenas de países). Em 1959, escreveu o roteiro do filme *Hiroshima mon amour*, que foi dirigido por Alain Resnais e alcançou grande sucesso. Nos anos 1970, dedicou-se exclusivamente ao cinema, suspendendo romances, mas publicando seus textos-filmes. *India song* e *Le camion* foram projetados no Festival de Cannes em 1975 e 1977, respectivamente. Morreu aos 81 anos em Paris, em 1996.

# SOBRE A COLEÇÃO MARGUERITE DURAS●

A COLEÇÃO MARGUERITE DURAS oferece ao público brasileiro a obra de uma das escritoras mais fascinantes do seu século e uma das mais importantes da literatura francófona.

A intensa vida e obra da escritora, cineasta, dramaturga e cronista recobre o século XX, atravessando o confuso período em que emergem acontecimentos que a fizeram testemunha do seu tempo — desde os trágicos anos da Segunda Guerra até a queda do Muro de Berlim. Duras publica até o término de sua vida, em 1996. Os textos da escritora se tornaram objeto do olhar dos Estudos Literários, da Psicanálise, da História, da Filosofia e dos estudos cinematográficos e cênicos. Sabe-se, no entanto, que a escrita de Duras subverte categorias e gêneros, e não é por acaso que sua literatura suscitou o interesse dos maiores pensadores contemporâneos, tais como Jacques Lacan, Maurice Blanchot, Michel Foucault, Gilles Deleuze, entre outros.

Os títulos que integram a Coleção Marguerite Duras são representativos de sua obra e transitam por vários gêneros, passando pelo ensaio, roteiro, romance e o chamado texto-filme, proporcionando tanto aos leitores entusiastas quanto aos que se iniciam na literatura durassiana uma intrigante leitura. E mesmo que alguns livros também relevantes não estejam em nossa programação devido à indisponibilidade de direitos, a obra de Marguerite Duras é dignamente representada pela escolha cuidadosa junto aos editores franceses.

Nesta Coleção, a capa de cada livro traz um retrato da autora correspondente à época de sua publicação original, o que nos permitirá compor um álbum e vislumbrar como sua vida e obra se estenderam no tempo. Além disso, cada título é privilegiado com um prefácio escrito por experts da obra — pesquisadores e especialistas francófonos e brasileiros —, convidados que se dedicam a decifrar a poética durassiana. Obra que se inscreve na contemporaneidade, para parafrasear Giorgio Agamben, no que tange à sua relação com o próprio tempo. Marguerite Duras foi uma escritora capaz de tanto aderir ao seu tempo, como dele se distanciar, pois "contemporâneo é aquele que mantém fixo o olhar no seu tempo, para nele perceber não as luzes, mas o escuro", evocando aqui o filósofo. Assim viveu e escreveu Duras, tratando na sua literatura de temas jamais vistos a olho nu, nunca flutuando na superfície, mas se aprofundando na existência, deixando à deriva a falta, o vazio, o imponderável, o nebuloso e o imperceptível. Toda a obra de Marguerite Duras compartilha dessa poética do indizível e do incomensurável, dos fragmentos da memória e do esquecimento, das palavras que dividem com o vazio o espaço das páginas: traços da escrita durassiana com os quais o leitor tem um encontro marcado nesta coleção.

LUCIENE GUIMARÃES DE OLIVEIRA
Coordenadora da Coleção Marguerite Duras

**Títulos já publicados pela coleção:**
- *Escrever* (Trad. Luciene Guimarães)
- *Hiroshima meu amor* (Trad. Adriana Lisboa)
- *Moderato cantabile* (Trad. Adriana Lisboa)
- *Olhos azuis cabelos pretos* & *A puta da costa normanda* (Trad. Adriana Lisboa)
- *O arrebatamento de Lol V. Stein* (Trad. Adriana Lisboa)
- *O verão de 80* (Trad. Adriana Lisboa)
- *Destruir, diz ela* (Trad. Adriana Lisboa)

**Próximos títulos:**
- *A doença da morte*
- *O homem atlântico*
- *O homem sentado no corredor*
- *Uma barragem contra o Pacífico*

COLEÇÃO
MARGUERITE
DURAS

© Relicário Edições, 2025
© Les Éditions de Minuit, 1969

Dados Internacionais de Catalogação na Publicação (CIP) de acordo com ISBD

D952d
Duras, Marguerite

Destruir, diz ela / Marguerite Duras; tradução por Adriana Lisboa; prefácio por Mauricio Ayer. – Belo Horizonte: Relicário, 2025.
136 p. ; 13 x 19,5cm. – (Coleção Marguerite Duras ; v. 7)

Título original: *Détruire, dit-elle*
ISBN: 978-65-5090-009-0

1. Literatura francesa. 2. Romance. I. Lisboa, Adriana. II. Ayer, Maurício. III. Título. IV. Série.

CDD: 843.7  CDU: 821.133.1-31

Elaborado pelo bibliotecário Tiago Carneiro – CRB-6/3279

**Coordenação editorial:** Maira Nassif
**Editor-assistente:** Thiago Landi
**Coordenação da Coleção Marguerite Duras:** Luciene Guimarães de Oliveira
**Tradução:** Adriana Lisboa
**Revisão técnica:** Luciene Guimarães de Oliveira
**Preparação:** Raquel Silveira
**Revisão:** Thiago Landi
**Capa e projeto gráfico:** Tamires Mazzo
**Diagramação:** Cumbuca Studio
**Fotografia da capa:** © Michel Lioret/INA via Getty Images (1969)

RELICÁRIO EDIÇÕES
Rua Machado, 155, casa 4, Colégio Batista | Belo Horizonte, MG, 31110-080
contato@relicarioedicoes.com | www.relicarioedicoes.com

1ª edição [verão de 2025]

ESTA OBRA FOI COMPOSTA EM MINION PRO E
HEROIC CONDENSED E IMPRESSA SOBRE PAPEL
PÓLEN BOLD 90 G/M² PARA A RELICÁRIO EDIÇÕES.